摸 棋

王根宝 著

·南方出版社·
·海口·

图书在版编目（CIP）数据

摸棋 / 王根宝著 . — 海口：南方出版社，2020.5
ISBN 978-7-5501-3585-7

Ⅰ．①摸… Ⅱ．①王… Ⅲ．①长篇小说－中国－当代
Ⅳ．① I247.5

中国版本图书馆 CIP 数据核字（2020）第 066344 号

摸　棋
MOQI
王根宝　著

责任编辑：冯慧瑜
出版发行：南方出版社
社　　址：海南省海口市和平大道 70 号
邮政编码：570208
电　　话：（0898）66160822
传　　真：（0898）66160830
印　　刷：北京楠萍印刷有限公司
开　　本：880mm×1230mm　　1/32
印　　张：8.25
字　　数：162 千字
印　　数：1—2000 册
版　　次：2020 年 5 月第 1 版
印　　次：2020 年 5 月第 1 次印刷
定　　价：58.00 元（精装）

第一章

1

这两天，《广都晚报》广告部主任胡蝶一口气谈成了两笔广告大单：一笔是广都下属的永昌市时代地产公司的五十万元房产广告；一笔是广都城区即将开业的佳美超市一百万元形象广告。喜从天降，胡蝶像酒喝多了似的，一直处在难以言表的亢奋状态。

晚霞映红天边的时候，《广都晚报》副总编周子富坐进了胡蝶的红色POLO，他们要去永昌市正式签订那个五十万元的房产广告合同。两人说好了，去的时候，胡蝶开车；回来的时候，周子富开车。胡蝶比周子富能喝酒，签下五十万元大单，岂能不庆贺一番？每逢这样的场合，胡蝶总是自告奋勇冲在前面，一次一斤白酒不在话下，而且白酒、红酒、啤酒可以轮着喝，是报社出了名的"酒篓子"。

胡蝶在家是独生女，从小娇生惯养，有一股假小子的蛮劲。

她今年三十五岁，当广告部主任已经两年多了。她父亲是广都工商局副局长，分管广告和商标工作。胡蝶高中毕业没能考上大学，在家闲了几年，后来还是走的她父亲的门路，到广都一家房产公司销售部当了几年销售员。因为有她父亲这层关系，销售部经理对胡蝶特别关照，几乎是走到哪里带到哪里。胡蝶脑子活、心眼多，不但跟着吃香的喝辣的，连打牌跳舞拉关系也学得比别人快，很快成了销售部的顶梁柱，每年的年终奖金都是六位数。后来因为一笔销售提成，经理比胡蝶多拿了五千块钱，胡蝶不答应了，与经理翻了脸，当众大吵大闹了一回。经理也不是缺这个钱，而是觉得胡蝶太财迷心窍了，明明这笔业务主要是经理做的，胡蝶不过帮着做了一些现成事，少五千块钱也是象征性的，没想到胡蝶竟如此斤斤计较，不依不饶。后来公司老总知道了这件事，私下里批评了胡蝶几句，胡蝶受不了了，哭哭啼啼找她爸爸告状，说公司如何如何欺负她，没法呆下去了，逼着她爸爸替她调单位。她爸爸被缠得没办法，最后找到广都日报社社长黄海，希望在经营岗位上给胡蝶安个位置。后来黄海与《广都晚报》总编李晓群商量，把胡蝶安排到了晚报广告部。当时晚报正在快速上升时期，广告处在爆发式增长的前夜，特别需要有胡蝶父亲这样的过硬关系为晚报撑起一张大大的保护伞。这一点，黄海与胡蝶的父亲都是心照不宣。

县级永昌市是周子富的老家，他在这里从小学读到高中，并以优异的成绩从永昌中学考入南大中文系。毕业那年，正赶上广都创办《广都晚报》，他就毫不犹豫地应聘了，结果笔试、现场写作、面试全是第一名，一时被黄海、李晓群看作是不可多得的人才。到《广都晚报》工作后，周子富确实很能写，工作业绩非常突出，第二年就当上了记者部副主任，第三年就转正当了主任，今年初又被提拔为晚报副总编，分管本土新闻版面，协助总编分管晚报广告部，并被列入报社重点培养的年轻干部，可谓春风得意。

自从当上副总编后，周子富就渐渐变了。他开始厌恶值夜班，认为这种黑白颠倒的日子不适合自己。稿子很少写了不说，连审稿把关也常常出现差错。后来李晓群了解到，周子富的心思不在新闻上了，开始热衷于广告营销，并与广告部主任胡蝶打得火热，两人经常在一起吃吃喝喝。在周子富眼里，胡蝶不但人很精明，有市场意识，而且敢作敢为。有一次，周子富不经意间说了某个市领导要去某个国企调研，胡蝶竟提前闯进那家国企领导办公室，既像是替市领导打前站的，又像是来采访报道的，弄得对方云里雾里，最终企业在晚报做了半个版的形象广告，美其名曰：新闻造势，给领导留个好印象。事后周子富责怪胡蝶，认为这样做太势利了。胡蝶先是嘲讽他"死脑筋"，然后塞给他一个不小的红包。周子富尝到了甜头，之后一有市领导调研的新闻宣传方案，他会在第一时间告诉胡蝶，胡蝶故技重演，屡屡得手，但从来没有亏待过周子富。

几个月前，胡蝶看上了永昌市时代地产公司开发的"新天地"楼盘，希望对方在《广都晚报》上投广告。可几个回合谈下来，对方态度一直冷淡，说只想在永昌投电视广告，不想在《广都晚报》上做宣传。正当胡蝶心灰意冷的时候，手下一个广告员悄悄告诉胡蝶，时代地产的江总是周子富的高中同学，两人关系一直很好。如果周总肯出面，事情一定能成。胡蝶一听，两眼瞬间有了光芒，桌子一拍：天助我也！

可事情并不像胡蝶想象的那么简单。她几次约周子富吃饭，周子富不是说已经有安排了，就是说身体不舒服。胡蝶心知肚明，周子富这是在推辞，不想给她机会。胡蝶昼思夜想：既没有顶过嘴，也没有不听招呼，周子富为什么不肯给面子？他究竟要什么呢？胡蝶一筹莫展。

那天下午，胡蝶正在办公室无聊地翻着报纸，突然手机响了，屏幕上显示周子富的名字。胡蝶心头一喜，马上摁下接听键，甜甜地叫了一声：周总啊。

周子富热情地说：到我办公室来一下。

好的好的。胡蝶放下手机，手忙脚乱地从随身携带的 LV 红包里翻出小镜子和一堆化妆品，先是左右开弓描了眉毛，然后拿起口红在嘴唇上草草地画了两个圈，接着拿起一个香水瓶子对着耳后胡乱地喷了几下，最后对着小镜子左右端详了一番，这才放心地拎着包匆匆出了门，直奔周子富办公室。

周子富在六楼，胡蝶在三楼。她见电梯口人多，便走楼梯上去，一会儿就到了。

周子富坐在老板椅上，笑眯眯地打量着两颊飞红的胡蝶。

胡蝶把棕色的长发拢到脑后，扎了个马尾辫，穿了一件橘黄色的连衣裙，腰间系了一根细细的红色皮带，脚上穿了一双白色的尖头皮鞋。尽管有点胖，但还是上下分明，凹凸有致。

见周子富用异样的眼光审视自己的穿着，胡蝶喘着气，不自在地低下头，着急地寻找有什么不妥的地方。

周子富若无其事地笑了笑：见过永昌的江总了？

见了见了。胡蝶醒过神来，嗲声嗲气地说：你是江总的老同学，你的面子大，你不出面，广告准没戏。说着，给周子富抛了一个媚眼。

周子富装着没看见，缓缓地从老板椅上站起来，眉飞色舞地给胡蝶讲起了营销战略：我刚分管广告部的时候，记得跟你们讲过的，再也不能靠拉广告过日子了，都是什么年代了？

你听说过报社老的广告员是怎么做广告的吗？周子富两眼直勾勾地看着胡蝶，手比划着，绘声绘色：他会一大早赶到客户的公司，先是帮着扫地擦桌子，然后再为老板沏上茶端上去，老板像没看见似的，他也不着急，端坐在一旁等着。有时候，这冷板凳一坐就是半天，折磨人啊！

胡蝶红着脸，小声地附和着：不容易，不容易。

周子富话锋一转，慷慨激昂的，像演讲：这个时代一去不复返了！时至今日，如果广告人还沿用老掉牙的办法，仍然热衷于拉广告，这无异于自寻绝路！

周总是大文人，脑子活，你要多教教我们啊！胡蝶扭着腰走到周子富面前，周子富清晰地闻到一股香水味。

周子富很惬意地嗅了嗅鼻子，继续他的高论：广告部要来一个革命性的转变，从广告经营转到营销广告上来。这样说可能有点深奥难懂。这么说吧，就以江总的新天地楼盘为例，我们怎样才能打动江总，让他高高兴兴地在晚报上投广告呢？最重要的，是要大谈广都的发展战略。听说了吗？永昌很快就会成为广都的一个区，这是什么概念？这是一个同城化的概念，这里面的文章就多了，而这一点正是江总感兴趣的，我就不展开说了。

对啊！我怎么就没有想到呢？胡蝶被周子富的一席话点醒了，激动得满脸通红：一旦永昌成为广都的一个区，房价自然会水涨船高，潜在的升值空间是很大很大的呀！

没有错。周子富朝胡蝶抬了抬手，爽快地表了态：不要再跑腿了，你第一次见过江总，他就给我打了电话，我把未来的发展前景给他一讲，他哈哈大笑，说老同学发个话，你说投多少我就投多少。我对江总说，你先投五十万，试试看，效果好再投五十万。江总连声说好，一再表示感谢。

有了周子富这层关系，江总很快答应签订广告合同，并提议：签约的时候，老同学一定要到场，大家来个一醉方休。

2

胡蝶的 POLO 很快出了广都城，直奔永昌而去。

周子富坐在副驾驶位上闭目养神，车内浓郁的香水味让他的大脑一直安静不下来。

胡蝶难以掩饰内心的喜悦，一路上老是拿眼睛瞟周子富，周子富知道胡蝶想跟自己搭讪，便故意装睡。

胡蝶终于憋不住了，用胳膊肘拱了拱周子富，柔柔地说：人家想跟你说话嘛。

周子富眼睛睁开一条缝，不冷不热地说：请讲啊。

胡蝶哼了一声：你老婆还查你的岗啊？

问这个干什么？周子富扭头看了看胡蝶，一副有感而发的样子：女人就是头发长，见识短！

胡蝶眨眨眼，用调侃的口吻说：她是关心你啊，怕你犯错误！

简直是受不了！

周子富似乎对这个话题不感兴趣，嗅了嗅鼻子，又无聊地闭上了眼睛。

快到永昌的时候，周子富突然扭头问胡蝶：佳美超市的广告合同什么时候签？

快了。钱总钱大都说这两天上海总部就会批下来。

没听说佳美让员工摸黑白棋子的事？

网上看到了。胡蝶轻描淡写地说：我问过钱大都，他说摸棋子和掏口袋都是自愿的，不存在侵权的问题。

说得轻巧。周子富哼了一声：他钱大都不懂法律？什么叫自愿？哪个人自愿掏口袋让人检查？自愿一说只是个幌子。

会不会影响广告投放？胡蝶动了动身子，有些不安起来。

很难说。周子富扭头反问胡蝶：听说日报的人已经暗访过了，准备曝佳美的光，你听说了？

不可能吧？胡蝶睁大眼睛，疑惑地看了周子富一眼：广告费不想要了？就为这点小事损失一百万，值吗？

也不能说是小事。周子富一副主持公道的样子：这是个侵犯员工人格权的问题。

什么人格不人格的！我听钱大都说过，佳美在其他城市也是这么做的，目的是减少内盗。开始也有媒体大惊小怪的，时间一长，也就不了了之了。

见周子富不作声，胡蝶又滔滔不绝地讲了起来：再说，让员工掏口袋检查一下，也不是佳美一家，广都其他大超市也有类似的做法，为什么只盯着佳美，欺负人家是外企啊？不要忘了，这个项目是吴市长、万市长一手引进的，不看僧面看佛面，我看市领导是不会同意曝佳美的光的。果真曝了光，我们一分钱的广告也不会有，到那时就惨了！

如果佳美停止让员工摸黑白棋子，不让员工掏口袋自检，说不定事情就过去了，一切照旧。周子富眼睛一直闭着，语气显得很乐观。

胡蝶皱着眉，满腹心事地说：这个恐怕比较难。

听天由命吧。周子富打起了哈欠。

我不能眼睁睁地看着到手的一百万广告莫名其妙地泡了汤。

胡蝶咬咬牙，一踩油门，车子快速向永昌驶去。

3

放下碗筷，黄海就一头扎在客厅里，目不斜视地收看央视一套的《新闻联播》。这是他每天晚上雷打不动的功课。看黄海一副正襟危坐的样子，刘医生一边叮叮当当地收拾碗盘，一边高一声低一声地唠叨着，像是说给黄海听，又像是自言自语：报社这碗饭不好吃，整天提心吊胆，像小媳妇似的，什么时候是个头啊？还有两年就退了，值什么夜班？报社离开你就不转了？一米八的个子，体重才一百二，难怪我们单位有人背后叫你"电线杆子"。

刘医生捧着碗盘进了厨房，黄海耳边只听到有个人在说话，说什么不清楚，因为他根本就没注意听。一会儿，刘医生拖地拖到客厅，唠叨又在黄海耳边响起：身体是自己的！你病倒了，领导到医院看看你，说几句安慰的话，还能怎样？可痛苦是你自己的。这么简单的道理，怎么就不明白呢！？

黄海一身兼三职：广都日报社社长、广都日报社党委书记、《广都日报》总编，夫人是市级机关门诊部的医生。从今天晚上开始，黄海要在报社连续值十天夜班，吃住基本在报社。其他总编值夜班也有凌晨回家睡的，但黄海怕影响夫人休息，坚持在报社睡，尽管家里只有刘医生一个人，他们的独生子还在某军区报社当记者。这两年，黄海经常整夜整夜地失眠，多年的胃病说犯就犯，刘医生一直担心黄海哪天会突然倒下，一再劝他要么提前退休，要么办个病退，不能这样硬撑着。这样的唠叨听多了，黄海也不解释，一笑了之。

刘医生唠叨完了，《新闻联播》也结束了。黄海正准备出门，刘医生拎着一只鼓鼓囊囊的纸袋子递给他，里面全是换洗的衣服。黄海接过纸袋子往门口走，刘医生又到厨房拿了一块有包装盒的月饼交给黄海，关照说：今天是中秋节，你月饼也没有吃，带着吧，想吃就尝尝。黄海笑着接过来，小心地塞在纸袋子里。刘医生站在黄海面前，亲昵地替他整整衣领，掸掸衣襟，像有很多话要说。黄海呵呵一笑，按下了刘医生的手。刘医生又郑重地叮嘱：你胃不好，不要贪凉，毕竟立过秋了，晚上还是要盖被子。衣服不够就打电话，平时要多喝水。记住了？黄海会心地笑了笑，脑子里闪过一句话：我又不是小孩子了。可是他没有说出来，也没有表现出任何的不耐烦。黄海左手拎着纸袋子，右手轻轻地拍了拍刘医生的胳膊，满面笑容地说：放心吧！像念台词，又像是唱出来的，显得意味深长。说着，就开门往楼下走，刘医生站在门口含情脉脉地目送他。下到楼梯转弯的地方，黄海停住脚步，笑着扬起尖削的下巴朝刘医挥了挥手，刘医生默默地点点头，一副放心不下的神态。

长江路是一条贯穿广都城南北的交通要道。长江路以东是广都老城，保留了许多"青砖小瓦马头墙"的明清建筑，显得古朴而典雅。长江路以西是广都新城，高楼大厦如雨后春笋般地拔地而起，颇具现代气派。黄海的家在长江路西边，出小区沿长江路向南步行大约半小时，就到报社了。黄海出小区的时候，路灯早已明晃晃地亮了起来，长江路上车水马龙，车灯亮成一条红色的长龙，十分刺眼。慢车道上人车混杂，电瓶车、自行车一辆接一辆地从黄海身旁闪过。空气中弥漫着淡淡的葱油味，这是从路边小饭店里飘出来的。

老城区上空，月亮的脸黄黄的，像块黄桥烧饼，不停地在云层里进进出出，好像在玩躲猫猫的游戏。一辆公交车轰隆隆地从黄海身边向南驶去，醒目的车身广告让黄海心头一颤，他条件反射似的想起白天刚开过的报社广告经营分析会，会上通报的一组数字如同闪电一样在他脑海里忽明忽暗：一至八月，《广都日报》《广都晚报》广告版面数同比下降 20%，到账款同比下降 30%，广告经营纯利润同比下降 15%。这一组百分比像几块从天而降的石头，突然掉进黄海手上那个纸袋子里，他觉得越拎越重，频繁地在两手之间转来转去。

前面是一个十字路口，黄海停住脚步，目不转睛地盯着马路对面读秒的红灯，鲜红的数字像报社的广告在不可逆转地递减，这让黄海的心越揪越紧。

突然，身后有人着急地大声喊"黄总"。这时，黄海才想起路口西北角有个报刊亭，是一对五十开外的下岗夫妇经营的，白天男的在，晚上女的在。有一阵子，黄海坚持走路上下班，几乎天天光顾这个报刊亭，打听《广都日报》《广都晚报》的零售情况，相互熟得跟家人一般。听到喊声，黄海马上折回头走到报亭跟前，热情地与男的打招呼。

你好啊张师傅，跟老婆换班了？黄海一边随意地问着话，一边低头寻找《广都日报》《广都晚报》。亭子前面摆了一张长方形的小条桌，桌面上整齐地叠放着十几种报纸，红色的报头一个挨着一个，像小饭店里挂在墙上的菜单。黄海关心的是自家的报纸卖得怎样。

别提了，说好带月饼来换我的，到现在连个鬼影子也看不见，饿死我了。张师傅有气无力地说着，一脸愤怒。

别急，别急。黄海笑着从纸袋子里拿出那块月饼递到张师傅面前：先垫垫肚子。

不好意思。张师傅嘴上推辞着，双手早已接过月饼，嘴巴张得大大的。他麻利地撕开包装盒，像有人要与他抢着吃似的，迫不急待地咬了一大口。

我们的报纸好卖吗？黄海笑眯眯地看着张师傅吃。

张师傅可能是饿极了，一连咬了两大口月饼在嘴里费力地嚼着。见黄海问他话，突然睁大眼睛，脖子向前伸着，喉结打了个滚：上个月好卖，北京开奥运会的。这阵子，有点……有点淡了。

淡到什么程度？黄海不放心地追问。

张师傅嘴巴鼓着，话说得含含糊糊的：大概，是过去的一半吧。

哦。黄海若有所思地点点头，随即与张师傅打招呼：走了，你喝口水。

谢谢黄总！张师傅一边吃着月饼，一边朝黄海挥着手。

广都日报社大楼坐落在广都老城与广都新城交界的地方，地面十层，地下一层，外观呈 L 型，一竖在南北走向的长江路上，一横在东西走向的文化路上，二楼拐角的地方是报社的大门，呈圆弧形。远远望去，整个大楼像一本翻开的大书。黄海刚到报社的时候就听人说过，这幢大楼曾获得过全省地级市十大创意建筑称号。

黄海已经走到长江路与文化路交汇的十字路口，过了斑马线就到报社了。他停下脚步喘着气，仰头望着灯火通明的大楼，心头荡漾着无限的感慨。人家过节往家走，报人过节往外走。这栋楼里，每天这个时候都会有一群上午补觉晚上上班的同事，他们日复一日年复一年地过着黑白颠倒的日子。也许正是因为这群"夜猫子"的存在，才让这座广都的文化地标有了十足的神秘感。

黄海的目光在顶楼扫来扫去，似乎在寻找什么。顶层是社长、副社长、纪委书记的办公室，还有报社党委办公室和几个大大小小的会议室。黄海的办公室在十楼东西向的最西头，门对着中间过道。进门迎面偏南一点横放了一张宽大的办公桌，桌上除了一台电脑、一部电话、一只插满铅笔和水笔的笔筒，满眼都是报纸和文件。办公桌后面墙上挂了一幅《春耕图》，四尺整张，楠木边框，画框下面是一排齐膝的矮柜，一直延伸到南墙，柜面上肩并肩摆放着《人民日报》《经济日报》《光明日报》《中国新闻出版报》，以及省市的十多种报纸，散发出一股淡淡的油墨香味。办公桌对面靠墙放了两张单人木质沙发，中间隔着一只茶几，茶几上有一只圆形的搪瓷托盘，盘子里立着一只蓝色塑料热水瓶，一只茶叶筒，倒扣着两只玻璃杯子。茶几上方墙上悬挂着一只正方形的电子钟。进门右侧靠后一点是一排顶天立地的书柜，书柜西边靠墙有一扇移门。挪开移门，迎面墙上挂着一面镜子，镜子下面是一只洗脸盆，盆子上搁着洗漱用品，边上嵌了一根晾着毛巾的铝合金杆子，东北角上放了一张单人床，旁边有一只床头柜，柜面上弯着一只台灯，台灯底下有一只小收音机，旁边码着一摞书。这间隔出来的小房间是黄海值夜班的休息室。整个办公室只有东南墙角有一点绿色，那里立着一只高脚花架子，上面有一盆不太茂盛的吊兰，盆边上伸出几根细细的长藤，末端有几支嫩头，一直下垂到咖啡色的木地板上。

进了报社大门，黄海悄悄地穿过大厅，进了与大门正对着的电梯。他没有马上去办公室，而是在八楼下来了。他想去日报记者部编辑部几个部门转转，向大家表达节日的问候。一出电梯，就听到有人在抑扬顿挫地朗诵，声音在过道里回响：

太阳睡下了，

我们来上班。

太阳醒了，

我们的梦一片灿烂。

有人说我们黑白颠倒，

可我们时刻用心把黑白分辨。

……

这是黄海前几年写的一首《夜班颂》，刊登在报社的内刊上。他没想到在这中秋之夜，耳边竟响起自己的拙作，心中一阵欣喜。黄海循着声音来到编辑部门外，侧耳细听，朗诵者原来是年轻的编辑部主任高俊峰。

编辑部有十几个人，集中在半个篮球场大的一间办公室里，每人有一个用天蓝色五合板围成的工作台，方方正正的。黄海从门口看过去，有人站在自己的那个方格里听高俊峰朗诵，有人坐着看稿子，整个场面像一盘正在下着的国际象棋。黄海在门口故意干咳了两声，然后笑眯眯地进了门。看到社长来了，高俊峰的朗诵戛然而止，顿时不好意思地涨红了脸。男同志一阵哈哈大笑，女同志抿着嘴吃吃地笑着，也有人赶紧坐下去盯着电脑看。黄海走到高俊峰面前，自嘲道：我那就是个顺口溜，难为你还记得。高俊峰摸摸头，憨厚地说：我们喜欢接地气的诗。黄海笑笑，看到旁边一位姓吴的女编辑一直在埋头看稿，他在八年前就认识她了。那时黄海刚到报社，一天晚上，他到编辑部来看望大家，走到这个小吴面前，随便问了一句：小孩多大了？没想到小吴头也没抬，板着脸回敬说：天天上夜班，哪来的小孩啊！一句话，说得大家哄堂大笑。黄海想起往事，俯下身子，亲切地问小吴：给小孩吃月饼了？小吴抬起头，高兴地说：吃了吃了。黄海热情地与大家打着招呼，祝大家中秋快乐！大家也纷纷祝社长节日快乐！

4

离开永昌的时候已经是晚上九点多了。

五十万的房产广告大单顺利签约了，胡蝶特别开心，晚上喝酒的时候基本是来者不拒，喝倒了对方两个副总，胡蝶自己也摇摇晃晃，有些身不由己。

一上车，胡蝶仰坐在后座上，很得意地对周子富说笑话，说她喝过酒后有三不：话多了，但不乱；能走路，但不稳；酒多了，但不醉。胡蝶一边说，一边比划着，说得周子富哈哈大笑。

离开永昌市区不久，胡蝶着急地拍着周子富的肩膀说要尿尿，周子富心里一怔：这怎么办呢？

胡蝶朝车窗外看了看，指挥着周子富：快拐到前面那个小路上去，憋不住了。

周子富苦笑着摇摇头，迅速打开转向灯，车子右拐驶入一条乡间小道。四周一片漆黑，远光灯照着前面的一片小树林，黑黝黝的，像一道天然屏障。车子左侧有一条小河，河面上泛着黑色的光，很远的地方有零零散散的灯火，像天上的星星疲倦地眨着眼睛。

车子刚停稳，胡蝶就急急忙忙下了车，转到车后蹲了下去。

周子富在车里坐着，估摸差不多了，就放下车窗喊：上车吧。

我起不来了，来呀，快来呀！胡蝶坐在地上呻吟着。

周子富心头一惊，连忙下车去扶胡蝶。胡蝶哎哟哎哟地哼着，左手搭在周子富肩上，挣扎着从地上爬起来，左侧乳房紧紧地贴着周子富的身子，周子富感觉像有一只热水袋敷在身上，浑身立刻燥热起来。他用力架住胡蝶的胳肢窝，一步一顿地将她挪到车子后座上。

刚想关上车门，胡蝶一把抓住周子富的手，甜甜地说：进来啊，我有重要的事情跟你说。

周子富一直以为胡蝶酒喝多了，现在听胡蝶这么一说，他的心莫名其妙地扑通扑通乱跳。

周子富推开胡蝶的手，搪塞说：不早了，有什么话明天再说吧。

不行！胡蝶使劲把周子富往车里拽。

周子富被胡蝶硬拉进车里，只得关上车门，催促说：有什么话，快说！

胡蝶向前探身拔掉车钥匙，车内顿时黑下来。黑暗中，胡蝶一屁股坐到周子富大腿上，双臂勾住周子富的脖子，嗲嗲地说：这五十万是你搞定的，佳美的一百万还得靠你，靠你……

周子富浑身发烫，喉咙里像有一口痰堵着，呼吸开始急促起来：没问题，没问题。

你看不上我？胡蝶抽出一只手在周子富的头上脸上轻轻地抚摸着。

周子富嘴里嘟噜着：没有，没有。

话音未落，胡蝶发疯似地搂住周子富，滚烫的嘴唇在周子富嘴上脸上乱吻，周子富的身子顿时酥软下来，咿咿呀呀地哼着，两只手情不自禁地箍住胡蝶的腰，然后一个鱼打挺，粗鲁地将胡蝶摁倒在后座上……

第二章

1

时针指向凌晨一点的时候，黄海正在办公室审看《广都日报》头版的大样，编辑部主任高俊峰隔着办公桌，静静地伫立在黄海对面。高俊峰的身子微微向前倾着，眼睛始终盯着黄海手上的那张样报。屋里静得能感觉到彼此的呼吸，偶尔也能听到黄海提笔修改稿件的沙沙声。

黄海终于直起腰，眉头跟着舒展开来。他倒吸了一口气，然后重重地呼出来。这口气又粗又长，似乎他刚才一直是屏住呼吸审大样的。高俊峰随即站直了，活动了一下手脚，跟着松了一口气。

黄海把报纸大样举到眼前，左瞧瞧，右看看，像欣赏一件心爱的艺术品。

就这样吧！黄海显得很满意。

就这样吧。高俊峰笑着搓搓手。

好。黄海拿起笔，十分郑重地在大样上签上自己的名字。

高俊峰拿着大样高高兴兴地出了门。望着高俊峰的背影，黄海像一位不愿做作业的小学生，顽皮地扔下手中的笔，如同扔掉一段滋滋作响的导火索。那支笔像猴子一样在桌上翻了几个跟斗，然后顺着桌沿滚到地板上，发出啪的响声。

黄海看着对面墙上的电子钟，缓缓地举起双手，痛痛快快地伸着懒腰。他转转头，耸耸肩，舒适地嗯嗯呀呀地哼着，直到电子钟的秒针点着头转了一圈，他才慢慢放下手臂，起身绕过办公桌，弯下腰捡起那支笔，然后捏在手里端详着。

为什么跟一支笔过不去？你真的不想干了吗？黄海在心里一遍遍地拷问自己。他的耳边隐隐约约地响起夫人刘医生的那些唠叨话。虽然他每次都是不置可否地笑笑，但有些话他还是听进去了。报社这碗饭真的不好吃，不但不好吃，有时就像吃药，明知是苦的，还得硬着头皮吞下去。但黄海心里明镜似的，这碗饭好吃也得吃，不好吃也得吃，退休也好，病退也罢，这都不是自己能说了算的，多想无补于事。每当夫人唠叨的时候，黄海总是在心里安慰自己：人的一生能有一段当社长总编的经历，这是多么荣耀的事情啊！我是农民的儿子，能走到今天不容易。再说，不就剩下两年时间了吗？怎么说也得咬着牙熬下来，给自己画一个圆满的句号。想到这些，黄海棱角分明的脸上渐渐露出一丝神秘的微笑。他无奈地摇了摇头，小心翼翼地将笔插进桌上的笔筒里。

黄海又转了转头，活动了一下脖子。一扭头，那幅《春耕图》

又勾住了他的眼睛。他缓缓地走到画框前，深情地摸了摸画框，然后双手抱在胸前，眼睛眯成一条缝欣赏着，像第一次见到这幅画似的。

这幅《春耕图》是黄海在部队时请一位战友画家画的，说是战友的作品，实际上完全是按照黄海的意思画的。画面上，绿草茵茵，杨柳依依，有人在打秧，有人在插秧，有人在扶犁，一派春耕大忙的景象。占据整个画面中心位置的是那头拉犁的黄牛。这是黄海记忆中的一头牛。牛是生产队的，黄海小时候最喜欢这头牛，一头地道的黄牛，黄里透红的皮毛，看不到一根杂色，铮亮铮亮的，光彩照人；长长的睫毛下面，一双黑黑的大眼睛，像水晶球一样晶莹剔透；黛色的双角，弯弯的，亮亮的，像一对艺术品。这头牛的骨架很大，体型健美，周身看不到一点泡泡囊囊的赘肉；四条腿酷似四根立柱，走起路来不紧不慢，威风十足。

让黄海终身难忘的是，在他初中毕业的那年冬天，这头不辞劳苦的黄牛只因为老了，生产队给它判了极刑。动手的那天，黄牛好像知道自己活到头了，叫得声嘶力竭，叫一阵喘一阵，一边叫着一边老泪纵横，听上去比人哭还要可怜。黄牛被牵到生产队的晒谷场，栓在一棵大树上。这时候，黄牛反而平静了，没有一点声响。但在场的所有人都发现黄牛在哭，无声地哭着，两只大眼睛泪汪汪的，眼睑、鼻子、整个面孔都是湿的。动手的时候到了，几个青年壮汉先用缆绳拴住黄牛的四条腿，然后一齐用力猛拉。黄牛轰然倒下，抽搐似的拼命挣扎，绝望的嚎叫和无助的喘息令人毛骨悚然。黄海不忍看下去，捂着脸跑开了。他战战兢兢地在晒谷场边上撒了一泡尿，再回来看时，黄牛已经断了气，脖子下面有一个碗口大的血洞，正呼哧呼哧地往外冒着鲜红的血沫，发黑的血流了一地。

从部队到地方，这幅《春耕图》一直没有离开过黄海，他走到哪里带到哪里。对这幅画，黄海有一种说不出的眷恋和偏爱。

夜已经很深了，他仍然一动不动地站在《春耕图》前，甚至连双手抱在胸前的姿势都没有变换过，唯有眼神是复杂的，伤感的。渐渐地，黄海的眼眶里盈满了泪水……

黄海任广都日报社社长、党委书记已经八年，兼任《广都日报》总编也有三年了。在全省，社长总编"一肩挑"只有广都一家。"一肩挑"有"一肩挑"的好处，比如权力集中，可以少开会，少扯皮，但权力越大责任和风险就越大。好事下面都会抢着做，遇到难事特别是得罪人的事，有人会说你找某某，他说了算。黄海是深知这一点的。他曾多次向市委常委、宣传部长徐华汇报，说自己快到退休年龄了，身体也有不少毛病，希望能尽快把总编配上。可三年过去了，黄海还是两副担子一人挑，还是日复一日、年复一年地写稿子、改稿子、看大样、值夜班。每当问起配总编的事，徐华总是关爱有加地说：老伙计，总编难找啊，耐心等着吧。不过，日报的版面你可以重点管管头版二版，其他版面放手让副总去把关，夜班也不要值了，毕竟年龄不饶人啊！

称黄海老伙计，是因为徐华与黄海同龄，又是同乡，所以说话自然随意些。更深一层,黄海是从部队转业回广都的,第一站就到了徐华手下。黄海是连队新闻报道员出身,一直干到军政治部宣传处长,后来由于身体原因(胃下垂八公分),出于照顾和关心,首长们权衡再三,还是同意了黄海的转业请求。在部队二十多年,黄海一直没有停止新闻写作,发表了许多有分量的新闻作品,先后荣立两次三等功。徐华看了黄海的档案,毫不犹豫地点名要了黄海,并让他当了分管全市新闻宣传的副部长。八年前,广都日报社老社长退休时,徐华又忍痛割爱,让黄海到报社当了一把手。三年前,《广都日报》总编退休,黄海兼任总编至今。

唉!黄海长长地叹了一口气。你真的老了吗?为什么老是怀旧?办报纸值夜班不都是你向往的工作吗?报纸的油墨香不是你一直钟爱的味道吗?黄海在心里责备自己:这个年纪了,不能靠怀旧过日子。月有阴晴圆缺,人有悲欢离合。一切顺其自然吧。

这样想着,黄海紧揪着的心开始放松下来。他闭起眼睛,两手不紧不慢地在脸部上下搓着。他想到,十天的夜班刚刚开始,一定要休息好,千万不能失眠。

黄海慢慢睁开眼睛,眼前的书柜、报纸,还有那幅《春耕图》,一下子变得明亮了许多。他顺手从矮柜上抓起一叠报纸,关了灯,急匆匆地进了里间的休息室。

2

黄海倚在床头上，一脸轻松地拿起报纸放在鼻子底下嗅着，新闻纸上特有的墨香让他觉得很惬意。可能觉得不过瘾，他又耸起鼻子使劲地嗅了嗅，"嘶嘶"两声之后，这才愉快地抖开报纸随意浏览着。

"铃铃铃，铃铃铃"。外边办公室的电话突然响起，铃声在黑暗中特别刺耳，像锥子一样直往黄海耳朵里扎。他急忙出去接电话，一听是高俊峰打来的，说夜餐有月饼有稀饭，问黄海吃不吃。黄海客气地说最近胃不舒服，不吃了。高俊峰又说头版有篇稿子里把"权力"写成"权利"了，请示是否改过来。黄海不假思索地回答说改过来啊！高俊峰嗯嗯地应着，一个劲地表示歉意，说打搅社长休息了。黄海连连说没关系，应该的。说应该，是因为报社有规定，总编在大样上签过字了，要改动，必须经本人同意，哪怕是把"一气呵成"写成"二气呵成"。这是办报的规矩。高俊峰这么做是对的，黄海也丝毫没有责怪他的意思。

可这么一折腾，黄海在床上怎么也睡不着了。他打开床头柜上的小收音机，一边听着轻音乐，一边想着"权力"和"权利"这两个词的不同用法，又联想起几年前的一件往事。

那天早上刚到办公室，就接到一个电话，对方自称是《广都日报》的忠实读者，反映的问题是：当天日报头版的一条新闻里，把人民代表大会的"权力"写成"权利"了。原以为几声谢谢之后，对方就会挂了电话。没想到这位"忠实读者"竟在电话里给黄海上了半个小时的课。先说报社是文人成堆的地方，不应该犯这样的低级错误。又分析说根子在领导把关不严、要求不严！最后严厉地批评说，过去给日报办公室打过电话，反映错别字的问题，但都是虚心接受，屡教不改！所以，特地找到了社长大人办公室电话，再一次郑重反映这个问题，希望引起高度重视，切实改正！黄海一直回应着，谢谢谢谢！可对方还没有挂电话的意思，仍然在说，问题出在版面上，根子在思想上。报纸是党的喉舌，也是人民的喉舌，我不能看着这"喉舌"有病灶而不管！黄海的脸红一阵白一阵，说了多少个谢谢，自己也记不清了，直到话筒里传出嘟嘟的响声，他还傻傻地对着话筒陪笑，嘴里像念经一样，谢谢谢谢……

日报晚报每天几十个版面，加起来的字数是一部长篇小说，差错也是难免的。但读者是上帝，对上帝，只能毕恭毕敬。黄海时常想起徐华说的"四个没有"：没有哪个机关部门像报社这样全方位接受社会监督；没有哪个机关部门的领导像报社领导这样整天如履薄冰、如临深渊；没有哪个机关部门像报社这样有如此大的经营压力；没有哪个机关部门的领导像报社领导这样一年到头"爬格子"值夜班。真是说到心坎上了。黄海一直佩服徐华概括得竟是如此准确而全面。

黄海的脑海里又浮现出刚刚签过的头版大样。市委郝义伟书记两个月前去中央党校学习一年，偶尔回来开个会发条消息。在家主持工作的市长吴一平这两天没有活动，人大、政协的一把手和市委副书记也都没有稿子，头版头条二条都是采用的新华社通稿。不会出什么差错的，睡吧。黄海关了台灯和收音机，一而再、再而三地告诫自己：放心睡吧。

黑暗中，如履薄冰、如临深渊这两个成语又鬼使神差地钻进黄海的脑子里。他的心又收紧了。都说记者是无冕之王，那社长就是王中之王了？俗话说，瞎子吃饺子，自己心里有数。从到报社的那一天起，黄海从未有过王中之王的感觉，有的只是理不清的头绪，操不完的心。办报的艰辛不说，就广告经营这一块，天天都要过问，天天都要算账。报社从九十年代初就不吃财政饭了，全靠自己挣钱养人。所以，广告经营是报社自己的自留地，必须下力气种好。尤其是《广都晚报》的广告，这可是报社的钱袋子啊！晚报更加贴近百姓，广告吸附力更强，这也是不争的事实。晚报广告多了，黄海暗自高兴；广告少了，心里就着急，就要找人开会，分析原因，采取对策。难怪啊，几百号人的工资，奖金，福利，社保，还有今年底记者编辑的电脑要更新，采编系统要升级，报社的网站要投入，报纸投递员即将按《劳动法》与报社签订用工合同，规定的社会保险都得缴，哪一样都需要钱。更让黄海担心的是，前一阵子北京举办奥运会，日报、晚报各派了一名记者去采访，结果只回来了一个，晚报的那位跟着别人跑了，跳槽到南方一家都市报去了。这件事在报社引起不小的震动，成了一段时间记者编辑们饭后茶余的谈资。明摆着的，广都报社的待遇低了，吸引力弱了。这不能全怪记者，人往高处走嘛！为了稳定军心，保留人才，黄海利用各种场合给大家打气：牛奶会有的，面包会有的，广都日报社的明天一定会更美好！……

往事像放电影一样一幕幕地在黄海眼前晃过。他在心里说，完了，今晚失眠无疑！伸手从床头柜上拿过手机瞄了一眼，才三点多。怎么办？这样躺着会精神到天亮。不行！黄海当机立断：马上吃安眠药。

他急忙起身到外面办公室，开了灯，从办公桌抽屉里摸出一个小瓶子，倒出两颗扁扁圆圆的药片托在手心里，是安定。黄海走到茶几前，用玻璃杯子倒了半杯水，吹了吹，喝了一口含在嘴里，一仰头，把药吃了。他相信这药，因为这是他亲自到机关门诊部开的，不是夫人刘医生带回家的。

刘医生是随黄海转业回广都的。在部队时，她是黄海所在机关门诊部的医生。十多年来，刘医生一直说黄海的失眠是心理作用，不是什么毛病。黄海始终不以为然，坚持说是长期熬夜写文章造成的。黄海到报社后的有天晚上，刘医生高高地举着药瓶，乐呵呵地告诉黄海：说你什么毛病也没有你不信，这不，让你吃了半瓶维生素c，你不照样呼呼大睡？原来，药瓶里的安定让刘医生偷偷换成了维生素c。原以为报出实情黄海会高兴的，没想到两人竟为此拌了嘴。黄海坚持说不应该骗他，刘医生委屈地认为好心没有好报。争论的结果是，黄海再也不要刘医生带药回家了，坚持自己去门诊部拿，而且安定的用量从原来的每天一粒半增加到两粒。

3

　　黄海醒来的时候，已是早上七点。他连忙起床洗漱，然后乘电梯到一楼传达室拿当天的报纸。这是他值夜班的习惯。

　　传达室共有三个人。一个叫武卫东，一个叫吴铭，外号猴子，还有一个近六十岁的老师傅，白班夜班三人轮流倒。武卫东是"文革"开始那年出生的，父母给他起了个时代印记极强的名字。他当过几年兵，退伍后进了广都鞋帽厂当搬运工，后来企业改制又下了岗，先后在几家民营企业干过保安、勤杂工，但时间都不长。前几年报社招传达室保安兼内勤，武卫东应聘成了报社员工。对这份工作，武卫东十分珍惜。他当着亲友的面多次自豪地讲过，不是因为工资高、奖金多，而是有幸遇到了部队老首长：黄海。

　　本来，报社党委办公室主任吴天学和人力资源部主任定了两个保安候选人，只是选哪一个，两人意见不一。吴天学就拿着应聘人员登记表请黄海定夺，黄海详细看了两人的简历，说先见一见武卫东吧。于是吴天学就带着武卫东来见黄海。武卫东一进门，黄海就喜不自禁地问：你是 XX 军 XX 师警卫连的？没等武卫东回答，黄海高兴地走到武卫东面前，主动伸出手，武卫东连忙双手攥住黄海的手，憨厚地笑着说：我是小兵一个！黄海摇着武卫东的手，自豪地说：我在你那个警卫连当过排长。黄海一高兴，脱口而出：想不到广都还有你这么个小战友！怎么样，吴主任，就定了吧？吴天学连忙笑着说：定了，定了。武卫东知道成了，双脚跟一碰，正正规规地向黄海行了个军礼，黄海满心欢喜地抬了抬右手，算是回礼。

到报社上班的头半年，武卫东还算安稳，每天老老实实做他分内的事。可时间一长，狐狸尾巴还是露出来了。说话口气大，脏话多，有时还在值夜班的时候偷着喝酒，酒一喝就吹嘘在部队学的那套擒拿格斗拳如何如何厉害。慢慢地，大家知道他与黄海是战友，就都让他三分，并在私下里给武卫东起了个外号：武大。武卫东知道后很不高兴，问猴子为什么这样叫他？猴子反问他，你姓不姓武？在家是不是排行老大？是啊！武卫东大大咧咧地应着。这就对了，就是武大郎嘛！猴子诡谲地笑着。尽管武卫东心里不乐意，但大家都这么叫，时间一长，他也就默认了。有一天，武卫东在传达室自言自语，我在家排行老二就好了，那样的话，我就是武二郎武松了。哈哈哈哈。武卫东笑起来也是那样张狂，旁若无人，惹得在一旁分拣报纸的猴子朝他直翻白眼。

猴子生来瘦小，穿什么衣服都显得空荡荡的，加上脸小，走路又一蹦一跳的，就被人喊上"猴子"了。武卫东上班见到的第一个人就是猴子，以致几年下来，他连猴子的真实姓名都不知道。

猴子三十出头了，还没有谈对象。武卫东夫妻俩一次次地帮着介绍，女方家长一听说在报社上班，满心欢喜，催着见面，可真的一照面，了解到猴子在报社干保安，连连摆手，说自家闺女还小，不想这么早谈婚论嫁，黄了。几次下来，猴子气得咬牙切齿，对武卫东发誓说，打死我也不谈了！

武卫东的到来，让猴子很开心。他骨子里很喜欢武卫东，既喜欢他重情分讲义气的性格，也喜欢他疙疙瘩瘩的胸肌，甚至武卫东说话的匪气他也喜欢。与武卫东在一起，猴子常常暗暗恨自己太懦弱，太没有男人的阳刚气。猴子对武卫东的感激也是真心的。他处处想着武卫东，大事小事抢在武卫东前面干。武卫东乐得茶杯一捧，二郎腿一翘，像个领导似的对他吆三喝四，猴子非但不生气，反而觉得武卫东看得起自己，够兄弟，不就拿个信件送个报纸什么的，累不着人。最让武卫东感动的，是猴子这两年一直替他值夜班，不是武卫东不想值，而是猴子执意让他回家睡。他的理由很充分，我光棍一条，在哪里都是睡。你武哥就不同了，嫂子一人在家，多冷清啊。武卫东感谢猴子，曾邀他到家里喝过几次酒，每次都喝得云里雾里，然后天南海北地胡侃到深夜。

武卫东的老婆叫叶美丽，以前是广都鞋帽厂的统计员，武卫东退伍进鞋帽厂不久，经工会主席牵线，两人谈起了恋爱。说来也是缘分，他俩曾经同在老城区的一个大杂院里生活过，小的时候一块玩过搭家家，算得上青梅竹马。武卫东很喜欢叶美丽，处处宠着护着叶美丽，从谈恋爱开始，一年到头用自行车送她上下班，风雨无阻，从不间断。他对猴子说过，我老婆就像一只乖巧温顺的小猫小狗，她离不开我，我也离不开她。没人的时候，猴子也会拿武卫东开心：嫂子那么漂亮，怎就看上你这个武大郎呢？鲜花插在牛粪上！武卫东也不生气，头一昂，得意地说：缘分呗！

叶美丽从广都鞋帽厂下岗后，武卫东就没让她再找工作。前两年，儿子上小学，又是接又是送，又要忙三顿饭，家里确实需要有个人打理。今年春节后，儿子的学校乔迁新址，离家远了，就改为住宿生，周五晚上才回家。这一来，叶美丽在家闲得难受，几次与武卫东商量要出去做点事，武卫东也赞成，并帮着到几个单位应聘，但都没有成功。

三个月前，D国在广都开了一家规模很大的超市，取名佳美，公开招聘一百多人。那天武卫东在传达室看报纸，无意中看到佳美的招聘启事，觉得不错，随即与猴子商量。猴子看了招聘广告，皱着眉说：不能委屈了咱嫂子，要去就应聘个班组长，嫂子在厂里干过统计，准行！

武卫东又仔细研究了招聘启事，看完把报纸往桌上一拍，恶狠狠地说：牛啊，试用期一个月，五险一金全缴，月薪三千，外加奖金，不去倒便宜了那帮外国佬！

当天晚上，武卫东买了猪头肉、花生米，邀请猴子到家中喝酒，顺便就把叶美丽的工作做了。叶美丽听他们二人分析得头头是道，也动心了。

酒过三巡，猴子红着脸对武卫东说：武哥，嫂子到老外企业去上班，别的我都不担心，就怕一条……

猴子斜着眼偷偷看了看叶美丽，然后把身子探过小桌子，嘴巴凑到武卫东的耳边，神秘地说：就怕老外好色，盯上嫂子。

武卫东一听，哈哈大笑：你喝多了，怎么会呢？这是在咱中国的土地上，老外敢胡来?!

猴子诡异地反驳说：电视上这种事多呢。

武卫东差点把酒笑喷了，用筷子点着猴子：你小子，喜欢上嫂子了？

猴子知道武卫东在开玩笑，但还是故作生气状，把筷子往桌上一拍：瞎说什么呢？不喝了！

武卫东不但不安慰他，反而笑得更响了：我就知道你喜欢嫂子，这有什么不好呢？咱俩是兄弟啊！来来来，喝酒喝酒。

4

黄海刚到一楼大厅，武卫东就拿着报纸迎上来，利索地把一叠报纸往黄海手上一递，然后盯着黄海的脸看：老大，昨晚没睡好？

黄海嗅了嗅报纸，嗔道：以后不准喊老大，别人听见不好。

武卫东右手一抬，敬了个标准的军礼，同时响亮地答道：是！

武卫东穿了件白色老头衫，胸前印着“广都日报社”五个鲜红的仿宋体大字。这是今年五一节报社举办运动会，武卫东参加一百米短跑，拿了个冠军，奖品就是这件老头衫。

黄海盯着武卫东的老头衫看，笑了笑：上次你说你老婆应聘到佳美上班了，怎么样啊？

好像不怎么样！

黄海正准备进电梯，听武卫东这么一说，马上转过身来问：怎么回事？

武卫东皱着眉，搓了搓手，显得很无奈：老婆回家经常唉声叹气的，不想在那儿干了，说是经常被搜身，把个个当贼似的！

哦，黄海看着武卫东，若有所思，很快又关照说：做做工作，毕竟找份工作不容易。

好的，老大。

武卫东话一出口，黄海看着他友好地哼了一声。

武卫东摸摸头，嬉皮笑脸的：又忘了。

猴子值的是夜班，白天可以在家休息，但不到十二点，他又一蹦一跳地来了。见武卫东穿着印有"广都日报社"红色字样的老头衫，猴子斜着眼问：领口都发黑了，还舍不得脱下来？

多管闲事！武卫东坐着，头也没抬，拿着一只搪瓷缸子准备吃午饭。

猴子拧着鼻子伸着脑袋凑上来看：菜饭，就让嫂子吃这个？猴子一副打抱不平的样子。

吃山珍海味啊？武卫东瞪了猴子一眼。

起码有点肉丝什么的。猴子好像对武卫东的饭很有意见，又拿腔拿调地说：你亏待嫂子了。

武卫东抬起头，正想与猴子理论，手机突然响了，是叶美丽打来的。武卫东放下搪瓷缸子接电话，一接通，就听到叶美丽哭哭啼啼的，说佳美一个叫钱大都的副总摸了她。

武卫东像火烧屁股似的腾地站起来，右手接着电话，左手把桌上的搪瓷缸子往地上一扫：吃了豹子胆了！他对着手机大声吼道：我马上来！

叶美丽在电话那头哭着喊着：不要乱来！

猴子看着满地的菜饭，急得团团转。他不知道发生了什么事，竟让武卫东如此大发雷霆。

见武卫东红着眼睛要出门，猴子急忙叮嘱说：君子动口不动手。

你懂个鸟！武卫东撂了一句，头也不回地冲了出去，很快消失在猴子的视线中。

猴子凸着小眼睛呆呆地望着门外，嘴里咕噜着：不会出什么事吧？

下午两点多，报社党办主任吴天学接到广都新区公安分局打来的电话，说武卫东在即将开业的佳美超市大打出手，砸了人家的一个柜台，还差点儿打了超市的负责人。佳美报了警，现在人在分局，希望报社来人协助处理。

黄海正在市里开会，吴天学放下电话就发短信息简要汇报了情况。黄海很快回了信息：事关重大，尽快把人带回来，维护报社声誉！！！三个感叹号让吴天学感到压力很大。他明白黄海的意思：报社是新闻单位，这个丑丢不起。

吴天学在报社工作了二十个年头，一直在管理部门干，当党办主任也五年了，处理这类事情轻车熟路。用他自己的话说，秘诀就一条：哪个机关部门不希望报社在新闻宣传上锦上添花？尤其希望报社对本单位的负面新闻高抬贵手。抓住对方不敢轻易得罪报社的心理，动之以情，晓之以理，没有办不成的事。

果不其然。吴天学出马只花了一刻钟，外加一条"中华"烟，就把武卫东带回来了。离开新区公安分局的时候，一个公安干警拿着那条烟追到门口，看着远处准备上车的吴天学，把烟举过头顶，扯着嗓子喊道：这样不好吧？吴天学笑着挥了挥手，大声回应着：弟兄们辛苦了，一点心意！对方苦笑着摇了摇头。

一到车上坐定，吴天学就板着脸训斥坐在副驾驶位上的武卫东：你真把自己当武松了？外企的柜台也敢砸？还想打人？你逞的哪路英雄？！

武卫东原本想说几句感谢的话，毕竟是吴天学代表报社来把他接回去的，面子上也过得去了。让武卫东没有想到的是，吴天学听信公安分局的一面之词，说话明显不站在自己这一边，而且把他当作不懂事的小孩训，心中的怒火再次燃烧起来：吴主任，你这样说我就不答应了，那个姓钱的调戏我老婆你怎么不说？！

吴天学双手紧握方向盘，理直气壮地说：公安说了嘛，这纯属是个误会。

误会？武卫东瞪了吴天学一眼，提高了嗓门：调戏我老婆是误会？这是哪门子歪理！

我不跟你比嗓门。吴天学竭力压着火气，目视前方：姓钱的胆再大，也不敢在光天化日之下调戏你老婆，公安的人说了，就是无意中碰了一下。

吴天学干咳了两声，才又说道：就是无意中碰了一下你老婆的乳房。

武卫东瞪着眼破口大骂：明明是调戏我老婆，怎么成了碰了一下？他姓钱的还是不是人?!

吴天学扭头看了武卫东一眼，没好气地反问：你看到姓钱的调戏你老婆了？

武卫东先是一愣，但很快反驳说：我老婆亲口跟我说的，我相信我老婆！

你也要相信公安和佳美超市啊！吴天学斜了武卫东一眼，显得很不耐烦：不跟你争论了，这事说大就大，说小就小。再告诉你，佳美超市是市长引进的大项目，马上就要开业了。在这个节骨眼上，你不要自己往枪口上撞。那样对你对报社都不好！懂吗？

不要拿市长吓唬我！我武卫东也不是被人吓大的。我就认一个死理：调戏我老婆就是流氓，就是王八蛋，我跟他没完！

武卫东是铁了心要出这口恶气的。所以，吴天学的规劝非但没有起到息事宁人的作用，反而惹得武卫东像一头红了眼的公牛，随时准备冲锋陷阵。

好了，到了，到黄社长办公室去说吧。吴天学显得有些无能为力，心事重重地下了车。

5

黄海从市里开会回来，屁股还没坐热，宣传部分管新闻工作的副部长郑加强就来了电话，说副市长、新区管委会党委书记万金昌给徐华部长打了电话，指名道姓要求报社开除武卫东，武卫东还要赔偿佳美的损失并向钱大都赔礼道歉。郑加强转达了徐华的意见：报社要严肃处理这件事，尽快给部里报一个处理结果。黄海不了解具体情况，只好先答应下来，表示一定会严肃处理。

放下郑加强的电话，黄海的脸色很难看，气喘得也有些不均匀了。这个武卫东，怎么可以跑到外企去胡闹呢？就是有天大的事，也应该先向领导向组织反映，怎好擅自行动，而且大打出手！亏他还是当过兵的。

正想着，吴天学、武卫东一前一后进门来了。黄海一见武卫东，呼地从椅子上站起来，指着武卫东的鼻子就是一顿骂：你小子有能耐，竟然跑到外企去打人砸东西，你是土匪啊？！谁给你这么大的权力？！

黄海走到武卫东面前，一副怒不可遏的样子：那是外企，是吴一平市长牵头引进的大项目，你惹他干什么？！

黄海话一停，武卫东便申辩说：我没有打人。

你还有理？！黄海手一挥，大声喝道：佳美是市长牵头引进的外资大项目，你知道不知道？为什么要去惹事生非？！

吴天学目瞪口呆地愣在一旁，不知如何是好。当党委办公室主任五年了，没见过黄海发这么大的火。

武卫东从进门就低着头，一副委屈的样子，后来见黄海与吴天学一样，丝毫没有同情体谅他的意思，心里越想越气，很快咬着牙昂着头，一脸的失望和愤怒。出于对黄海的尊重，武卫东强忍着怒火，没有打断黄海的话，但黄海的训斥已经让他烦躁不安，两只拳头攥起来又松开，松开又攥起来，双脚在地上不停地挪动，活像一个拳击运动员，只等裁判员吹哨开打。

黄海回到办公室桌前站着，骂也骂了，训也训了，他无奈地叹了口气：你小子不是省油的灯！说完又是一声长叹。

吴天学心里明白，黄海是恨铁不成钢，骨子里还是很喜欢这个小战友的，他压根就没想到武卫东竟会干出这样的蠢事。见黄海不说话了，吴天学连忙捅了捅武卫东的后背，着急地劝道：快向社长认个错，快！

我错在哪儿了?！武卫东两只眼睛红红的，情绪像火山喷发一样开始宣泄：人家欺负我老婆，你们一句同情的话安慰的话也没有，开口就是骂，就是训，你们还有没有人性?！

武卫东，你这是跟谁说话呢?！吴天学看了看黄海，严厉地制止着武卫东。

武卫东毫不示弱地往吴天学面前跨了一步，怒气冲天地吼道：怎么了？我就这样说话！人家欺负你老婆，你当缩头乌龟?！把我送回公安局好了，让他们枪毙我，省得你们心烦！

黄海满脸涨得通红，脖子上的青筋像蚯蚓一样暴起。武卫东！

他大吼一声，像一颗炸弹突然被引爆，惊得吴天学、武卫东同时看着黄海，惊恐写在脸上。

我问你，黄海走到武卫东面前，大声喝道：你口口声声说人家调戏你老婆，有什么证据？证——据！最后两个字又响亮又拖着长音，黄海想收到一字千斤的效果。

武卫东昂着头，眨了眨眼睛，仍然很自信：证据？什么证据？我老婆的话就是证据。

你懂不懂法律？！黄海用手指点着武卫东，嗓门又高了起来：当今是法治社会，一切以事实为依据，以法律为准绳。你说人家调戏你老婆，总得有个人证物证，口说无凭。对不对？说着，看了看吴天学。

吴天学心领神会，马上顺着黄海的话说：对对，凡事以证据说话，你说钱大都调戏你老婆，总得拿出过硬的证据来，不然，社长也不好替你说话。

我……我……武卫东两只手不自在地搓着，眼睛看着天花板发愣。他开始意识到黄海和吴天学说的似乎很有道理。从古到今，捉贼捉赃，捉奸捉双。钱大都在什么时间，什么地点，怎么调戏叶美丽的，具体细节自己一点也不知情。为什么不问清楚了再动手？为什么这样不计后果地顶撞领导？太冲动了，太没有头脑了。武卫东越想越觉得自己有问题，心头的火气像被灭火器瞬间扑灭似的，情绪一下子平缓下来，歉意的目光在黄海和吴天学脸上扫过来扫过去。他开始后悔刚才不该对黄海和吴天学那样说话。

见武卫东默不作声，黄海语气强硬地说：小武啊，你到佳美打人砸东西的事性质很严重，报社党委会很快研究处理意见的，你要有足够的思想准备。

砸的柜台我赔。至于那个姓钱的，我也没打他，只是抓了抓他的衣领。武卫东的态度有了明显转变，不像刚才那样对立了，声音也低了许多，这让黄海松了一口气。

没那么简单吧。黄海说得坚决，武卫东听了心里七上八下的。

还能怎样？把我开除了？武卫东表面上满不在乎，但心里还是害怕的。他眼巴巴地望着黄海，希望得到的回答是否定的。

那也说不定。黄海看似轻描淡写，但语气让武卫东觉得不容置疑。

武卫东有些慌了，连忙往黄海面前移了两步，低下头，像个认错的孩子：打死我也不离开报社！

黄海看了看武卫东胸前"广都日报社"那五个鲜红的大字，沉默了一会儿，然后朝武卫东挥挥手：去吧，把情况写个书面材料交给我，听候处理。他又招呼吴天学：你留一下。

武卫东一步一回头地往门口走，他心里多么渴望黄海或者吴天学喊住他，哪怕再说一句宽慰的话也好。但黄海和吴天学只是神情严肃地目送着他，两个人的嘴角都抿得紧紧的，好像牙疼得厉害。武卫东心一沉，加快了步子，像打了败仗似的一脸沮丧地出了门。

武卫东一走，黄海就问吴天学：那个姓钱的是什么人？

吴天学说：我也是从公安那里了解到的，这个人叫钱大都，四十岁出头，北方人，佳美超市的常务副店长兼销售部经理，上海总部派过来的，目前实际是他负总责。听说这人在国内几个城市的佳美分店当过副总，能力很强，很受外方赏识。

黄海又问：新区公安分局有没有把钱大都叫去？做没做笔录？

没有。吴天学回答得很肯定：我问过办案民警。

这不公平！黄海手一挥，显得很气愤，随即向吴天学作了交待：你马上联系公安方面，把我们的意见告诉他们，不能只追究武卫东一个人。再说，有没有调戏叶美丽，把监控录像调出来看看就一目了然了，让事实说话。

好的，我这就去办。

吴天学一走，黄海便关上门，满腹心事地在屋里踱来踱去。他在想，如何落实徐华部长的指示？如何妥善处理武卫东？开除武卫东，这只是万金昌个人的意见。再说，最起码要把钱大都有没有调戏叶美丽这件事搞清楚，否则，党委会也没法开。

黄海坐在办公桌前，心烦意乱地翻着采访本，扉页上端端正正地写着部队老首长的临别赠言：戒急用忍，事缓则圆。黄海眼睛一亮，对，事缓则圆！他差点儿叫出了声。

怎么事到临头就忘了呢？急急忙忙处理武卫东，说不定就是一个冤假错案，这样的教训太多了。但转念一想，万金昌副市长能答应吗？黄海想到不久前《广都日报》二版的一篇报道，万金昌意见很大，这次他会不会借题发挥？

万金昌原是广都下属高宝县的县长，去年底从南方一个发达的地级市挂职回来，今年年初刚提拔到广都新区任职的。黄海列席市委常委会时，听市长夸过万金昌，说他有胆识，有魄力，特别在亲商安商方面很有一套。在高宝县当县长时，曾被台湾媒体称为"肯为台商端洗脚水的人"。万金昌到广都新区任职后，黄海从新区的报道中知道了什么叫驻点招商，敲门招商，以商引商，小分队招商，等等。令黄海想不到的是，这个万金昌对《广都日报》情有独钟，凡是涉及他的新闻报道，不仅要送他审稿，还会让秘书转告报社，万副市长审定的稿子不能再作改动。为这事，晚班的编辑们很有意见，说万金昌比市委书记、市长还牛。不改就不改。编辑们有个不成文的约定，新区有关万金昌的稿子懒得去动。但出了明显的差错改不改？七一党的生日前一天，新区有一篇小稿子，说万金昌给全体党员上党课，进行党性教育，可文中偏偏有一处把"党性教育"写成了"性教育"。改还是不改？夜班编辑们拿着报纸大样笑成一团。有的说，原稿就这样的，不改。有的说，万副市长不愧是从开放地区回来的，计生委主任的活他也要干。若真的不改，岂不成了天大的笑话？后来，编辑部主任高俊峰还是认真地把新区的原稿作了修改完善，并向黄海作了汇报。

　　可是好心并没有得到好报。第二天早上一上班，黄海就接到万金昌的电话，没有问好，开门见山：我是新区的万金昌，请问社长大人，新区招商引资的那篇报道为什么放到二版？黄海还没反应过来，万金昌提高嗓门说：同样是副市长，我的那篇新闻稿字数为什么比刘副市长少，标题的字号也小了一号？不要以为我不懂新闻，要按规矩办！……黄海一边听一边翻着当天的报纸，脸上的表情很不自在。待万金昌说完了，黄海才陪着笑，耐心地解释说：哦，是万副市长，我简要向你汇报一下，关于市级领导的报道，市委专门下发过文件……没等黄海说下去，万金昌便傲慢地说：不要解释了，我还有个会。黄海正欲说什么，话筒里已传出嘟嘟嘟的声音，像一阵蛙鸣，让黄海十分反感。他抓着电话，愣了好一阵子。一个市级领导，怎么连报道的字数少了、字号小了的话也说得出口？这是什么心态？什么动机？怎么会计较到这种地步？！简直是低级趣味！黄海心想，老百姓才不会关心你的报道有多少字，用的几号字，他们只关心干部做了什么，做成了什么，为老百姓带来多少福祉。难道万副市长连这个浅显的道理都不懂吗？

最让黄海揪心的是，如何处理武卫东，万金昌不给黄海打电话，而是直接打给了宣传部长徐华。很明显，万金昌对黄海对报社有意见，他不想给黄海任何回旋的余地，而且迫不及待地要求报社开除武卫东。

万金昌到底安的什么心？

6

下午四点半，黄海准时赶到八楼日报总编会议室参加编前会。

这是一个为第二天报纸内容作初步安排的会。他进门的时候，听到大家正在七嘴八舌地议论武卫东的事。会议桌子是圆形的，大家围坐成一圈，正对门的那个位置是黄海的，他的右手位坐着主持日报日常工作的副总编安静。安静是个女同志，今年四十三岁，五年前从市文联平调过来的。

见黄海来了，安静宣布说：开会了，大家说说稿子吧。

黄海脑子里一直想着如何处理武卫东，见大家不说话，便用征询的口气问：武卫东去佳美超市砸柜台的事，大家怎么看？

一阵沉默之后，安静拢了拢齐耳短发，启发大家说：黄社长是在征求大家意见，有什么就说什么，咱们是关上门说话。

话音刚落，编辑部主任高俊峰说：不管怎么说，武卫东去外企打人砸东西，都是不对的，有话说话，有理讲理，动粗就是法盲。

有人马上反驳：那个姓钱的调戏武卫东老婆，说明武卫东动粗是事出有因，要具体问题具体分析。

又有人说：网上反映佳美问题的帖子不少，特别是近一段时间，集中反映佳美在员工下班的时候逐个搜身，看有没有人偷超市的东西，简直是侮辱人格！

我说点情况。副总编兼记者部主任孔小泉一边翻着采访本，一边清着嗓子，神情很严肃：佳美是怎么落户广都的，我就不啰嗦了，重点说一下佳美让下班员工摸黑白棋子的事。情况是这样：每天中午和晚上下班的时候，员工要上二楼，经过一个专门通道，在出口处，放了一个四四方方的木盒子，里面装着围棋棋子，盒子上方留了一个圆孔，下班的员工都要到盒子里摸出一颗棋子，摸到白棋，下班走人，摸到黑棋，就要走到一边去，把身上的口袋一个个掏出来让监视的人员查验，确认没有偷东西以后才可以下班。这个做法，员工都很反感，特别是女员工，反响更强烈。

孔小泉的话还没说完，会议室里就炸开了锅：

岂有此理！

这是典型的侮辱人格！

简直不把中国人当人看！

让孔总把话说完吧。黄海看着坐在对面的孔小泉，抬了抬手：你是怎么知道这些情况的？有没有实地采访过？

我已经跟踪暗访十几天了。孔小泉愤愤地回忆说：开始，我是从市政府政务网站"寄语书记市长"栏目里看到一个帖子，自称是佳美的一名员工，反映的就是佳美让员工摸黑白棋子的事。帖子里说，改革开放都三十年了，竟然还要受这种窝囊气。但员工们敢怒不敢言，怕丢了饭碗，强烈要求政府相关部门调查处理此事，为佳美员工讨回尊严！我看到这个帖子以后，连续几天到佳美暗访，但都进不了二楼的员工下班通道。后来我记下了一个女员工的工号和姓名，在下班之前赶到佳美二楼员工下班通道旁边等候，佳美的保安见我说出要找的那个人的工号和姓名，就没有赶我。这样，我才把摸黑白棋子的现场探了个究竟。

黄海听得很认真，不时在采访本上记着什么。听到这里，他抬头问孔小泉：有没有采访过超市负责人？

孔小泉回答说：半个月前，曾经采访过副店长兼销售部经理钱大都，这个人傲慢得很，开始不想接受采访，后来又说，让员工摸黑白棋子是总部的规定，你们有疑问，可以与上海总部联系。后来我给上海总部打了个电话，一位工作人员告诉我，总部是有这个规定，但各地可以灵活掌握，不强求一致。今天中午我也在佳美，听到有人在议论这个钱大都，说他不仅蛮横霸道，而且是个典型的色狼，最近盯上几个漂亮的女员工，武卫东老婆就是其中的一个。

太不像话了！黄海把手中的笔往桌上一拍，大声说道：武卫东是报社员工，这事我们不能不管！如果连自家的员工都帮不了，还叫什么党报！

会议室里鸦雀无声，大家用赞许的目光看着黄海。

安静看着孔小泉，用商量的口吻说：孔总辛苦一下，针对佳美让员工摸黑白棋子的事，能否再作一次深入采访，包括佳美的负责人。

孔小泉无奈地摇了摇头：钱大都不会接受采访的。

黄海摆摆手说：不要紧，不接受采访也是新闻，实事求是写。

我还有个建议。安静看了看黄海，然后才对孔小泉说：是不是采访一下律师事务所，看他们怎么看待这件事情。

早采访过了。孔小泉看着采访本，显得很自信：我采访过新时代律师事务所，他们的杨主任告诉我，从法律层面讲，超市涉嫌侵犯员工人格权。杨主任解释说，虽然员工与超市存在劳动关系，但员工基本的人格权并不因为存在劳动关系而消失，用变相搜身的方式来实现企业管理就是侵权。超市用黑白棋子来判断员工是不是清白的做法，从法律上讲是设定一个虚假事实，然后进行证实，这是对全体员工的歧视，应当立即叫停。

孔小泉合上本子，又补充了一句：于情于理，于法于规，佳美都是站不住脚的！

安静点点头，作了布置：事实已经很清楚了，就请孔总先拿出一个稿子，然后我们再讨论。

同意。黄海叮嘱孔小泉：越快越好！

孔小泉胸有成竹地表态说：早就憋不住了，就等领导发话。我保证明天下午拿出初稿。

黄海笑着说：很好！

编前会结束的时候，黄海正准备回办公室，吴天学进来了。他走到黄海身边，俯下身子，嘴巴贴在黄海耳朵上：郑加强副部长来电话，催问如何处理武卫东的，说万金昌副市长等着要结果。

逼人太甚！黄海板着脸，起身对吴天学说：你催一下新区公安分局，钱大都调戏叶美丽的监控录像找到没有？有了那个监控录像，我们就主动了。

好，我再催一下。吴天学提醒说：你是不是给郑部长回个电话，他等着呢。

我知道。

天学。黄海喊住正要出门的吴天学，交待说：你通知安静，还有你，吃过晚饭我们去趟武卫东家，当面向叶美丽了解一下情况。你开车。停了停又问：认识他家吗？

没去过。吴天学想了想，说：猴子一定认得，让他带个路吧？

黄海说：就这么定。

7

武卫东住在广都老城区，汽车开不到他家门口。黄海一行在文化路上找了个停车场，把车子停妥后，由猴子带路，走进了古色古香的老城区街巷里。

广都古城已有两千五百年的建城史，历史上曾经几度辉煌，历代文人墨客留下了数不清的诗词歌赋。到了清代，康熙、乾隆都曾六下江南，每次都在广都驻跸。为了博得皇上的欢心，富甲天下的广都盐商们不惜重金，大兴土木，争相建造私家园林，恭迎皇上大驾光临。广都现存的几大公园，都是那个时候修建的。

猴子把大家带进了一条狭长的二人巷，巷子只有两人的肩膀宽。两边的高墙像刀切的一样齐整，马头墙上的黑马在夜幕下仿佛活了起来，一个个仰天长啸，威风十足。路灯安在墙上，间距很大，路面亮一段暗一段。猴子走在前面，黄海、安静、吴天学紧跟其后。小巷的路是用青石板铺就的，安静的高跟鞋踏上去，发出规律的哒哒声，像打竹板一样清脆悦耳。

黄海回头看了看安静，感慨地说：安总你信不信？你的步子说不定正踩在唐代哪位大诗人的脚印上呢。

安静伸手摸了摸两边斑驳的墙壁，笑着说：最有可能是风流杜牧的，他在广都呆了十年，这古城的大街小巷，恐怕没有他没走过的。

吴天学在后面补了一句：广都出美女，他哪能闲得住？

沉默了一两分钟，吴天学突然问安静：安总，你是文联过来的，对广都的历史文化比我熟。请教一个问题，从古到今，都说广都出美女，为什么？停了停又说：我接待兄弟报社同行，这个问题时常被考问，我每次都含糊其词，答不上来。

献丑了。安静边走边说，哒哒的脚步声像是伴奏：我认为，主要有这么几个原因。一个是广都地处江南，水土好，湿润的气候很养颜；第二，江南是鱼米之乡，饮食好，这也是出美女的重要因素；三是，广都自古就有"千家养女先教曲，十里栽花算种田"的传统，对女孩子注重调教，这也有利于多出美女。还有一点就有点八卦了，不说了吧。

不行不行。吴天学不依不饶的，一个劲地催着：快说快说，我们都想听呢。

见安静不开口，黄海发话了：说说吧，我们就当野史听。

恭敬不如从命了。安静清了清嗓子，语气像说书的：话说隋朝末年，隋炀帝倾全国之力开凿了大运河，好大喜功的杨广在广都这边修建了非常豪华的宫殿，作为他的陪都。他一生一共到广都来过三次，据史书记载，每次来都是乘龙舟从大运河走，那个架势是空前绝后的。他的龙舟连绵几十里，旌旗遮天，浩浩荡荡，除了文武大臣外，随行的宫女佳丽有三千之众，可谓美女如云。长话短说。隋炀帝回京的时候，这些美女就留在广都的宫殿里了。据说，广都郊外有个美女塚，专门安葬这些来自他乡的佳人。但遗憾的是，广都文史专家经过多年的考证，至今也没有找到美女塚的确切地点。

吴天学冷不丁地插了一句：这跟广都出美女有关系吗？

安静呵呵一笑，抖开了包袱：是有很大关系的。杨广被叛将杀死之后，这些美女自然就散落到民间去了，其中相当一部分又嫁了人。从遗传学的角度说，好种出好苗，好树结好桃，美女的后代容貌不会差到哪里去。一代一代流传下来，就形成了广都出美女的美谈。

高论，高论！吴天学高兴地赞扬着。

猴子在前面似懂非懂地说了一句：那安总一定是美女的后人了。

猴子的本意是想夸赞安总的，没想到无意中伤了人。

你妈才是美女后人呢！安静嗔着猴子，显得很不高兴。

黄海哈哈大笑，连忙打着圆场：玩笑玩笑，纯属玩笑！

大约走了十几分钟，猴子指着路旁一个低矮的门楼说，到了。猴子闪到一旁，黄海上前轻轻推开虚掩的木门，弯下腰走了进去，几步走到院子中间，其他人跟了进来。

借着门外路灯微弱的光亮，黄海的身子左右转了九十度，认真地打量着这个四方的小院子。坐北朝南是三间瓦房，东西各有两间南北向的平房，院门开在南面，院门两边各有一段一人高的短墙，西南墙角有一棵高出短墙的树，树下有一口水井。

黑暗中有人叫了一声：好香啊。其他人跟着嗅起了鼻子。

吴天学作了一个深呼吸，自信地指着水井旁边的那棵树说：一定是棵桂花树。

猴子走到东边那两间平房前，大声喊着：武大，黄社长来了。

大家请，大家请。武卫东客气地迎出来，招呼黄海一行进屋。叶美丽站在门里，不停地念叨：地方太小了，太挤了。

黄海一进门，武卫东就责怪猴子：说好的，社长快到了打我手机，怎么成哑巴了？

猴子正想解释，安静抢先回了话：不怪他，社长不让打电话。

武卫东看看黄海，显得有些激动：咱当家的还是部队作风，深入基层不扰民。

黄海摆摆手，深情地说：你到报社几年了，也不知道你住在哪里，过得怎样。早该来看看了。

谢谢领导。武卫东脸上一直挂着笑容，好像把下午的事忘得一干二净。

叶美丽在一旁催促武卫东：快让领导坐下，把你买的橘子拿出来。

对对对，还有橘子。武卫东摸摸头，嘿嘿笑着。

不客气了。黄海站在屋子中间，四下打量着。屋顶用灰白色塑料板吊了顶，显得很压抑。黄海个子高，他的头好像随时要顶破塑料板似的。屋里也没什么像样的家具，一张老式大方桌，一张四方小矮桌，一只碗橱，几把高矮不一的椅子，还有几张小板凳，两辆旧自行车并排靠在大门一侧。

你与小叶聊聊吧。黄海对安静说：只能到里屋去了。

好好。安静明白黄海的意思，亲热地拉着叶美丽的手，相拥着进了挂着老式土布门帘的里屋。

黄海指着安静的后背问武卫东：里屋是你们的卧室？

是啊。武卫东指着南墙说：儿子不住校的时候，那里还要放一张小床，晚上睡觉，早上收起来。

这房子是你们的？黄海又问。

是我父母的。武卫东尴尬地笑了笑：他们住到我弟弟那里了，那里房子大些。

厨房在哪儿呢？黄海与吴天学几乎同时发问。

没有厨房。武卫东笑着摊开两手：也不需要。

黄海越听越纳闷，一脸疑惑：那饭怎么做？

就用它啊。武卫东指了指大方桌上两只尺寸颜色完全相同的电饭煲：挺好的。

黄海走过去，一手揭开一只电饭煲的盖子，里里外外仔细地看了看。

他轻轻地放下电饭煲盖子，回转身来，脸上没有一丝笑容。可能觉得不可思议，有太多的疑团没有解开，黄海又下意识地回头看了看，那两只电饭煲像老虎的一双大眼睛凶狠地瞪着他，让他觉得不寒而栗。

吴天学一脸狐疑地问武卫东：炒菜怎么炒？

没等武卫东回话，黄海冷冷地呛了吴天学一句：还炒什么菜啊！

对对对，要么吃稀饭，要么吃菜饭。想要改善一下，就用一只电饭煲煮干饭，另一只电饭煲煲汤。我家儿子最喜欢吃西红柿蛋汤了，一次能喝两碗哩！武卫东乐呵呵地说着，像饭店里的大厨。

太不容易了。黄海的眼睛湿润了，苦着脸走到武卫东面前，拍了拍他的肩膀：日子过得艰难啊！

还好，还好。武卫东搓着手，笑嘻嘻地说：领导这么关心，我们很满足了。

他现在一个月拿多少钱？黄海突然问吴天学。

吴天学没想到黄海会问这个，他真不知道武卫东的月收入，但又不能直言，只好支支吾吾地说：大概有三千吧？应该有。

平时每月拿两千五，武卫东很开心地为吴天学圆了场：加上夜班补贴、半年奖、年终奖，平均下来每月应该有三千了。吴主任说的也不错。

哦。黄海望着武卫东，轻轻地点了点头。

我们谈好了。安静拉着叶美丽的手从里屋走了出来，叶美丽的眼睛红红的。

好吧，我们就告辞了。黄海默默地与武卫东、叶美丽握过手，再也没有说一句话。

回报社的路上，安静向黄海汇报了叶美丽反映的情况。

今天中午下班的时候，叶美丽因肚子不舒服，晚走了十几分钟。当她走到员工下班通道的时候，钱大都从后面跟了上来，一定要她摸棋子。很不巧，叶美丽摸了枚黑棋，只好无奈地走到一边，当着钱大都的面，把左右两个裤子口袋掏出来以示清白。正准备离开，钱大都走到叶美丽面前，突然伸手抓住叶美丽的上衣口袋，说这个口袋也要看。实际是趁机摸了叶美丽。叶美丽使劲把钱大都推开，钱大都竟嬉皮赖脸地要亲吻叶美丽，结果被叶美丽打了一巴掌，这才松了手。叶美丽就哭着跑了。大致情况就是这样。

安静满脸通红，显得很激动：这是典型的耍流氓，调戏妇女！

太不像话了！黄海对身边的吴天学说：要尽快找到当时的监控录像。

监控录像有用吗？猴子坐在副驾驶位上，没头没脑地冒了一句。

你不懂！吴天学大声嗔道。

第三章

1

吴天学的办公室在黄海办公室东边，中间隔着党委会议室。第二天早上，吴天学一到班上，黄海就从办公室走过来，让他打电话给新区公安分局，催问监控录像的事。

吴天学拿着手机，很快翻到号码，然后用座机拨通了电话：陈警官吗？我是报社党办的吴天学，请问佳美的监控录像调看了没有？

对方冷冷地回答说：他们昨天就删了，没法调看了。

吴天学很惊讶，看了看黄海，又追问了一句：你们什么时候问佳美的？

昨天下午下班之前问的。怎么，不相信？对方有点阴阳怪气的，显得很不友好。

黄海在一旁听着，眉毛鼻子往一块挤。没等吴天学说话，他便抢过话筒，大声责问：你们觉得这正常吗？

陈警官在电话那头反驳着：你是谁？有什么不正常的？哪儿不正常？

我找你们市局王局长！黄海气愤地把电话撂在桌上。

陈警官大大咧咧地回敬了一句：找谁也没有用！

阎王好见，小鬼难缠。吴天学说这话是为了宽黄海的心。他搁好电话，慎重地向黄海建议说：必要的时候，社长你真的要找找市公安局王局长，佳美的监控录像不可能当天就删掉，这里面肯定有鬼！

我会的！黄海气呼呼地回了办公室。

下午上班后，孔小泉从八楼走楼梯上到十楼，推开黄海办公室虚掩的门。他要把曝光佳美超市的新闻稿交给黄海。

黄海正在给花架上的吊兰浇水，见孔小泉来了，连忙把手中的玻璃茶杯放到茶几上。

这么快？黄海坐到办公桌前，高兴地翻着稿子，脸上渐渐露出笑容：这个标题好，侵犯人格权的"游戏"应当休矣！

受到黄海鼓励，孔小泉疲惫的脸上有了笑容，连忙解释说：佳美的负责人开口闭口，摸黑白棋子只是公司与员工的一个游戏，并不存在侵权问题。

狡辩！黄海的眼睛始终盯着稿子，嘴角翘着。刚看了两页，黄海突然抬起头，把稿子举在头顶上抖了抖:这一炮一定要打响！每一个细节，每一句话都要经得起推敲，不能让对方抓住把柄。

我明白。孔小泉兴奋地告诉黄海：昨天写了一夜，第一稿火药味有点重，后来又重写了一稿，重在摆事实，讲道理，以理服人。

见黄海又在专心地看稿子，孔小泉在一旁犹犹豫豫地说：稿子安总也帮着看了，我们都有个担心。

孔小泉欲言又止。

担心什么？黄海放下稿子，歪着头看着孔小泉：是不是担心稿子见报了会得罪吴一平市长和万金昌副市长？

孔小泉笑而不答。

既然要捅蚂蜂窝，就不能怕这怕那！黄海说着打开电脑，在鼠标上轻轻点了几下：昨天晚上，我上咱们日报的 E 家社区论坛看了，你转发的佳美员工的帖子，有一百多人跟帖，都表达了对佳美的不满。

你看这几条。黄海招呼孔小泉过来看电脑。孔小泉急忙走到黄海身边，俯下身子看屏幕。

黄海用鼠标点着，大声念道：

他们没有权力这么做！

竟然有这种事！明显是侮辱人格，是违法！

我是佳美的员工，我们中国人的膝盖曾经软了一百多年，我们再不想看到在今天的中国土地上出现这种怪事！

记者和有关部门要有勇气与他们斗一斗！我们支持你们！

党和政府应该理直气壮地管管这件事！

……

说得多好啊！黄海的眼睛始终盯着电脑屏幕，感慨地说：现在外商投资企业越来越多，侵犯员工合法权益的事时有发生。作为党报人，这个时候我们不能失声，更不能失职。如果通过我们的努力，让佳美停止侵犯员工人格权的做法，替员工讨回尊严，应该说是有很强的现实意义的。

孔小泉被黄海的真情流露感染了，他看着黄海，动情地说：压力都在你身上，毕竟这个项目是一把手市长牵头引进的，社长你要有万全之策啊。

没什么了不起！黄海抬起头，手指在鼠标上敲着：我今年五十八，再有两年就退了。大不了提前交班！还能怎样?！

孔小泉没想到黄海早就做好了破釜沉舟的思想准备。他张大了嘴，一时不知说什么好。

你继续跟踪佳美那边的情况，有什么新内容及时补充到稿子里。黄海的目光很和善，话语中充满了信任：我想日报、晚报同时刊发这篇稿子，形成一股舆论合力。

那当然最好了。话刚出口，孔小泉又不无担忧地说：听说佳美准备在晚报投一百万广告，就怕稿子见报了，佳美跟报社翻脸，不投了。

黄海显然早就意识到稿子一旦见了报，佳美一定会停止广告投放。一百万，对报社来说，可是一笔不小的数目。

他沉吟片刻，做了个新的决定：稿子留给我，你继续打磨打磨。还是那句话，一定要有理有节，无懈可击。至于稿子怎么发，什么时候发，我与晚报李总商量商量。

也好。孔小泉心事重重地走到门口，又回头看了看黄海。

黄海笑了笑，朝孔小泉做了个"去吧"的手势。

2

猴子一晚上都没睡好。他一直担心，报社会不会开除武卫东？如果真要开除，黄海他们为什么要去家访？怎么看，黄海都没有开除武卫东的意思。

还有那个可恨的监控录像，怎么会当天就删了呢？报社的监控录像保存半个月呢，哪有当天就删掉的道理？这里面一定有鬼！从昨晚在车上听到黄海提起监控录像的事，猴子脑海里就浮现出一个人：刘思维，他的中学同学，现在就在佳美超市监控室工作。

他一定知道监控录像的事。猴子心想，只要老同学肯帮忙，说不定能找到那个监控录像。他相信这个老同学。从初中到高中，他俩一直是哥们。如果找到了那个监控录像，报社可能就不会开除武卫东了。这个忙我一定要帮！猴子在心里下了很大的决心，设想了一个又一个与刘思维开口的方案。就这样迷迷糊糊地在床上辗转了一夜。

第二天早上天刚亮，猴子就迫不及待地拨出了刘思维的手机号。刘思维还在睡梦中，突然被手机铃声吵醒了，一肚子不高兴。

他很不情愿地拿起手机，摁下了接听键。

找谁呀？刘思维的口气很生硬。

老同学，你好啊！我是吴铭。猴子客气地打着招呼。

刘思维一听是猴子，马上嘿嘿笑了：老同学啊，这么早？你在哪里？

猴子有事求人，说话很谦恭：我在家里，打搅你休息了吧？我睡不着，想到老同学了，也没看时间，就打你手机了。对不起啊。

说哪去了，谁跟谁啊？刘思维忽然觉得猴子有些不对劲。平时都是有什么说什么，直来直去的，今天是怎么了？猴子一定有事。刘思维试探着问猴子：有事尽管说。

没有，没有。猴子急忙否认。停了停又说：就是想你了。

哈哈哈！刘思维笑得很开心：好久不见了，找个时间聚聚。

猴子没有接刘思维的话，突然冒了一句：你还在监控室工作吗？

在啊。刘思维觉得莫名其妙，猴子为什么问这个。

那就好，那就好。猴子似乎松了一口气，高兴地与刘思维道了再见。

老同学这是怎么了？刘思维放下手机，猜想了好一阵子。

猴子早早地来到报社传达室，不时地朝门外张望。他在等武卫东。

武卫东是准时上班的。一进大门，猴子便把他拉到大厅一侧，显得心思重重：报社都传开了，说要开除你，真的假的？

看你，眼泡都肿了，没睡好？武卫东看看猴子，一脸的不在乎：我不怕的。

猴子抓住武卫东的手，目光中充满了焦虑：如果找到那个监控录像，是不是就不会开除你了？

武卫东用怀疑的目光看着猴子：你有本事找到？

不要小看人！猴子甩开武卫东的手，神秘地眨了眨眼：我说不定能找到呢！

什么情况？武卫东警觉地捉住猴子的手：兄弟，你真有办法？

我中学的一个同学叫刘思维，现在就在佳美超市监控室工作。我猜，他一定会有办法的。猴子可能觉得话说得太满了，马上改了口：也说不定，如果真的删了，神仙也没有办法。

太好了！武卫东使劲攥了一下猴子的手，猴子疼得脸都变了形，扭着身子想抽出手来，但武卫东紧紧抓住不放：快去找他，越快越好！

猴子犹犹豫豫地看着武卫东，老半天才嘟囔了一句：有钱吗？

干什么？送钱给他？武卫东用鄙视的目光看着猴子，显得很不开心。

不是。猴子把手抽回来，轻轻搓揉着：我想买瓶酒，再切点牛肉、买点花生米什么的，当面去会会老同学。可是，我没钱了。停了停又满腹心事地说：我母亲生了两个多月的病，钱都交给医院了。猴子低下头，像做错了事一样。

我明白了，兄弟。武卫东着急地开始翻口袋，又回到传达室拉开办公桌抽屉翻腾，最后只找到几张面值二十元和十元的纸币，还有十几个硬币：全给你了。武卫东关照说：别舍不得花。

猴子接过钱，眼睛里噙着泪水，快快地说：我会还你的。

3

李晓群原来是日报副总编，排名在安静、孔小泉之前。他当过县报的总编，独挡一面的能力强，办报也是一把好手。五年前创办《广都晚报》时，黄海向市委推荐李晓群到晚报当了总编，虽然级别还是副处，但也算重用了。李晓群不负众望，晚报一年一个台阶，发行量从创办当年不足万份，发展到今年突破六万份，广告也有望冲刺六千万，成了广都名副其实的强势媒体。年初，黄海从工作需要出发，以报社党委的名义向市委打了报告，请求将李晓群提拔为日报总编。对此，李晓群始终心存感激，工作上的事很少让黄海操心，执行报社党委的决议和黄海的要求也从来不打折扣。这一点，黄海非常满意。

春节后，市委组织部到报社考察了李晓群，部务会也通过了，只等上市委常委会。就在这节骨眼上，《广都晚报》的一篇报道，让提拔李晓群的事中途搁了浅。事情发生在市委常委会召开的前两天。

《广都晚报》在十二版"社会民生"栏目刊发了一条消息，说的是广都高宝县的一个贫困村里，公公娶了死了丈夫的儿媳妇。

为了吸引读者眼球，文中特别添油加醋地描写了公公与儿媳妇婚前眉来眼去的一些细节，整个报道洋洋洒洒近半个版。市委郝义伟书记看到报道后，当即在报纸上写下批示：

晚报也是党的宣传阵地！此类消息不应刊登，更不能炒作！报纸要多宣传真善美，揭露假丑恶，给人以信心，以力量，以希望。请宣传部和报社切实加强教育，严格把关，杜绝类似情况再次发生！

市委办公室把报纸复印件传真给了宣传部，同时传了一份给报社。

徐华接到郝义伟的批示后，按捺住一肚子火气，心急火燎地找到那篇报道看了看，然后拨通了李晓群的手机。

听到李晓群在喊"部长"后，徐华顿时火冒三丈：你怎么把关的?！公公娶儿媳妇的事也敢登?！无聊！低级趣味！

李晓群平常只管头版和重要的地方新闻稿，后面的版面基本是分管副总编把关。早上一上班，他翻到十二版，看到这篇报道，当时心里咯噔了一下，但又心存侥幸，毕竟文章刊登在靠后的版面上，也许领导没注意，事情就过去了。没想到部长直接打电话给他，而且火气很大。他定了定神，仍然想大事化小，小事化了，小心地解释说：部长，是有点做过头了。但是，民政部门是发了结婚证的，好像也没大错。

听李晓群这么说，徐华火气更大了：你说什么?！郝书记都批示批评了，你还说没大错，你这个总编想不想当了?！

李晓群一听郝书记有批示，顿时一阵头皮发麻。他知道，书记、部长一般是不对报纸作文字批示的，一旦批示了，就不是小事！他没想到这篇报道会引出书记批示，也没想到部长会发这么大的火。

李晓群彻底沉默了。

告诉黄海，你们马上到我办公室来，现在就来！徐华的语气冷得像冰。

李晓群小心翼翼地应着：好，好。

很快，郑加强和黄海、李晓群先后诚惶诚恐来到徐华办公室。落座后，徐华让新闻处长把郝义伟批示的复印件发给大家，要求三个人再好好领会领会。几分钟后，徐华在屋里踱着步，边走边说：

找你们来就一件事，如何尽快落实好郝书记的批示。我先说个意见：这件事情虽然发生在晚报，但郝书记的批示对全市的新闻宣传工作有警示教育作用。所以，第一，新闻处要立即以市委宣传部的名义起草一个通知发下去，贯彻郝书记的指示，重申新闻宣传纪律，突出强调新闻的导向要正确，要讲政治。第二，报社要组织开展一次专题教育，核心内容是：讲政治、顾大局、听招呼，重点是晚报，但日报也不能马虎。报社党委要把专题教育当作当前的一项重要工作来抓。第三，对编发"公公娶儿媳妇"报道的当事人要研究处理意见，怎么处理我先不定调子，你们研究好了报上来。总之，板子要打到具体人身上，不然，会乱了套的！

徐华停下脚步，捋了捋稀疏的头发，问大家：有什么意见没有？

几个人低着头，异口同声地说没有。

徐华手一挥：就这样吧。

晚报的这篇报道上网后，引来了外省两家晚报的四名记者，他们在报道见报的第二天就赶到高宝县采访。县委宣传部的同志一边接待和稳住记者，一边向市委宣传部汇报。徐华明确指示：当事人绝对不能接受采访，对外地记者要千方百计做好说服和劝离工作。县委宣传部的同志紧急开会落实徐华的指示，大家绞尽脑汁，最后像做地下工作似的，半夜三更把当事人从乡下秘密接到县委招待所住下来，并派了专人陪护。然后对外地记者谎称：当事人外出打工了，短期回不来。外地记者人地生疏，两眼一抹黑，见没法采访下去，只好败兴地打道回府。

当得到外地记者全部离开高宝县的确切信息后，徐华一直紧绷的心弦才慢慢松弛下来。他的担心是有道理的。这种事处理不好，会在网络媒体的推波助澜下升温发酵，搞不好会成为全国媒体关注的"热点"，要是那样，广都的丑就丢大了，追究下来，主管媒体的宣传部怎脱得了干系？他这个宣传部长不但不光彩，很可能还要承担一定的领导责任。想到这里，徐华庆幸虚惊一场，有一种死里逃生的感觉。但尽管脱离了险境，徐华还是感到一阵阵的后怕。他坐立不安地在办公室走来走去，脑海里一遍遍地在自问：怎样才能杜绝此类事情再次发生呢？多年的经验告诉他，不能坐以待毙，必须主动出击，有所作为。

徐华首先想到了网络。一条消息，只要一上网，分分钟就传遍了全国全世界！这太可怕了！但转念一想，这就好比放风筝，不管风筝飞多高，飞多远，那根线牢牢攥在我们手上，收放自如的主动权始终在我们手里。只要报道不上网，市外的人就看不到广都的消息，或者晚一些上网，我们就有时间从容地应对版面上出现的问题。对，从控制消息源开始，这是重中之重。

说办就办，不能迟疑。徐华马上叫来新闻处长，作了交待：从明天开始，《广都日报》《广都晚报》的网络版改为每天下午上网，立即通知报社执行。

下达完这道指令，徐华像力挽狂澜的将军，愉快地松了一口气。他端坐在椅子上，沉吟了片刻，然后拨通了市委组织部长的电话……

4

吃过午饭，黄海顾不上休息，拿着孔小泉写的稿子，乘电梯下到六楼，来到晚报总编李晓群的办公室。

李晓群正准备午休，见黄海来了，客气地让坐，又说：有什么事让我上楼就行了，还劳驾你下来。

李晓群的办公室在八楼东西向的最西边，位置与黄海一样，办公桌对面也是两张单人沙发，中间隔个茶几。黄海在里面的沙发上坐定后，招呼李晓群过来坐。李晓群坚持给黄海倒了茶，才侧身在靠门的沙发上坐下。

黄海把手中的稿子递给李晓群，开诚布公地说：晓群，碰到难题了，想听听你的意见。

你客气了。李晓群笑着接过稿子，然后像翻书一样从头至尾浏览了一遍。他没有马上说话，而是反反复复在翻看稿子。

黄海知道这篇稿子的分量，也不催李晓群。他端起茶杯，慢慢地喝着茶。

沉寂。屋里只有李晓群翻动稿纸的哗哗声。

这是一颗重磅炮弹哪！李晓群郑重地把稿子放在茶几上，仍然侧着身子与黄海说话，表情很庄重：稿子写得很好，摆事实，讲道理，没有居高临下的口吻，也没有咄咄逼人的言词，应该是一篇很好的文章。只是，李晓群咂了咂嘴，不无担忧地说：只是宣传部和市长那里能不能通得过？

要是请示了，可能通得过，也可能通不过。黄海呵呵一笑，觉得自己的话是多余的，等于什么也没说。

李晓群知道黄海的难处，也知道与佳美较量不是一件容易的事。怎么办呢？他苦涩地笑了笑，又重新拿起稿子，一页一页地慢慢翻着。

黄海心事重重地喝着茶。

佳美让员工摸黑白棋子的事，我在网上早看到了，但一直没敢去碰。李晓群把稿子重新放到茶几上，向黄海倒起了苦水：上次的情况你是知道的，明明市少儿图书馆门口挂了十块各种公司的牌子，怎么晚报的稿子一见报，就说与事实不符，说记者采访不深入，不细致，捕风捉影。我至今都后悔，应该把记者拍的十块牌子的照片登出来，那样，文化局朱局长就无话可说了。

是朱局长做了工作。黄海朝李晓群笑笑，意味深长地说：我事后听说，朱局长一早看到晚报的报道后，立马赶到徐华部长办公室，咬定少儿图书馆门口只有两个公司的牌子，而且这两个公司又是与少儿图书馆合办的，目的是解决购书经费不足的困难。你看，多么冠冕堂皇，合情合理。徐部长怎么办？只好让你们把报道停下来。典型的恶人先告状！

所以，我就特别担心。李晓群又一次从茶几上拿起稿子在手上晃了晃，痛苦地说：都说报人是带着镣铐跳舞，我是领教过了。我在想，一旦把佳美超市给曝光了，不知道要引起多大的震动呢！社长，我是替你担心。

黄海没有说话，他从李晓群手中拿过稿子，下意识地一页一页地翻着，翻完了，把稿子往茶几上一掷，动情地说：晓群，我们都是从农村出来的，过过苦日子，看到网上的那些帖子，就像看到一张张绝望无助的脸，他们在呐喊，他们在挣扎，他们需要有人替他们说话，为他们伸张正义！还有那个武卫东，昨晚上我和安静、吴天学去他家看了看，过的什么日子啊，两间破旧的平房，连个烧饭的厨房都没有，一年到头就用两只电饭煲做饭，几乎天天是稀饭、菜饭。我中午回家吃饭说给你大嫂听，她眼泪都出来了，说想不到改革开放这么多年了，竟然还有这么贫困的家庭，连连说没想到。

黄海站起来，表情庄重地在李晓群面前踱着步：你可能也听说了，武卫东去佳美砸柜台是有原因的，那个叫钱大都的副总调戏了他老婆，他能咽下这口恶气？我看武卫东是个真正的男子汉！

听说了。李晓群的目光随着黄海走动的身子在移动：好像也是在摸黑白棋子的时候发生的事。

是啊，问题就出在这个摸黑白棋子上！黄海愤愤地说：真是岂有此理！一个跨国外企，竟然用这种下三流的手段，简直是无耻！

我听广告部的人说，佳美的负责人牛气冲天，动不动拿不做广告威胁我们。李晓群有些无奈地说：吃了人家的嘴软，拿了人家的手短。有时候，我真有一种被广告大户牵着鼻子走的感觉。唉！

李晓群一声长叹。

黄海似乎想起了什么，着急地问：晚报与佳美的广告合同签了吗？

好像就这两天签。李晓群站起来朝门口走：我到隔壁喊周子富过来，让他具体向你汇报一下。

一会，李晓群与周子富一前一后进来了。周子富满脸堆笑地与黄海打招呼，然后恭敬地说：向社长汇报一下，佳美计划在国庆节前后正式开业，开业当天的广告二十万，到明年春节前再投八十万，一共是一百万，合同已经草签了，就等佳美上海总部批准。胡主任这两天天天在催，估计快了。大致情况就是这样。

好吧，你去忙。黄海朝周子富抬了抬手。

周子富出门后，黄海指着茶几上的稿子问李晓群：如果这篇稿子见了报，佳美会不会中止在晚报投放广告？

肯定会！李晓群脱口而出：我与那个姓钱的见过一面，口口声声说是吴一平市长和万金昌副市长引进的项目，生怕我们不知道。稿子真要见了报，恐怕一分钱广告也不会投！

黄海回到沙发上坐下，下意识地又拿起茶几上的稿子在看。他的目光是漂浮不定的，内心有一种说不出的苦痛。都说报纸是党和人民的喉舌，可真要为人民群众发声怎就这么难呢？我们为什么要看着广告客户的脸色行事？为了多做广告，就可以昧着良心为大大小小的广告客户说话办事，这还有一点报人的良知吗？

黄海清楚地记得，有一回，日报晚报同时刊登了一个三分之一版的医药广告，结果一个用户找上门来了，咬定党报骗人！说吃了报纸上宣传的那个药，非但病情不见好转，反而加重了。好家伙！七大姑八大姨都来了，十几个人，把黄海堵在办公室，指着鼻子大骂，话可难听了。黄海中午饭也没有吃，饿着肚子做工作，一直到下午两点，还是武卫东打电话把社区民警请来了，大家坐下来谈判，结果报社赔了两千元，才把事情平息。

唉，真不知道何时是个头。可眼下没有广告能行吗？报社几百号人要吃饭，要发奖金，要交社保，要更新设备，钱从哪里来？

广告是最大最主要的收入来源，不把广告经营搞上去行吗？难怪有的广告大户明目张胆地说，是我们养活了报社！羊落虎口，龙游浅滩。他说得理直气壮，你还没话反驳他，只能陪笑。

见黄海不说话，李晓群不停地挪动着身子，显得异常焦虑。

我倒有个建议。李晓群打破了沉默，谦逊地往黄海面前靠了靠，表情显得拿不定主意：能不能先以报社的名义写个《新闻内参》，把佳美的做法和员工的反响如实地向市领导作个汇报。如果市领导有批示，特别是在家主持工作的吴一平市长有明确指示，让佳美停止侵犯员工人格权的做法，那我们这篇稿子可以暂时不发。这样，报社既不得罪佳美，也没有让吴市长和万副市长难堪，佳美也就没有理由不投我们的广告。

见黄海还是不说话。李晓群赶紧补充说：我只是个建议，大主意还是你拿。

我也想过这个办法。黄海心有余悸地分析说：如果像你说的那样，吴市长有明确批示，佳美也停止了侵权行为，那倒是好事，就怕……

下面的话黄海没有说下去。他想了想，看着李晓群，无奈地说：要不就先写个《新闻内参》报上去，走一步看一步吧。

黄海拿着稿子起身告辞，走到门口，又苦笑着对李晓群说：我们也不能低估了领导的觉悟。是不是？

李晓群的脸一直绷着，听黄海这么说，马上有了笑容，连声说：是是是。

5

下午，黄海把孔小泉找到办公室，要求他把新闻稿改成《新闻内参》，并一起商量了具体细节。孔小泉答应下班前改好送来。

黄海正准备出门，电话响了，是宣传部副部长郑加强打来的，口气有些着急。

黄社长，万市长又给我打电话了，话说得很难听，说处理一个保安就像踩死一只蚂蚁，有什么难的！

这哪像一个市领导讲的话？保安不是人?! 黄海是当过兵的，深知爱兵如子的道理。万金昌这样看不起武卫东，他像受了莫大侮辱似的，大声嚷了起来：他为什么不去调查钱大都？为什么不帮着佳美的员工讲话？他算什么市领导！

郑加强只想息事宁人，言语中尽量和稀泥：万副市长说是吴市长让他打电话的，不知道真的假的。但我还是向徐部长作了汇报，徐部长的意思是，武卫东去佳美砸柜台和佳美侵犯员工权益是两回事，一码归一码，武卫东早晚是要处理的，报社今天要有个态度，怎么处理由你们定。徐部长交待，下午下班前，最迟明天早上一上班，要给万副市长回个话。

我们不能开除武卫东！黄海的口气不容商量。他把武卫东的家庭状况给郑加强说了一遍，最后万般同情地说：没有报社这份工作，武卫东怎么活呀？他也是上有老下有小，日子总得过下去。再说，钱大都调戏他老婆的事还没有调查清楚，现在就开除武卫

072

东，明显不公平！

社长大人，怎么调查？郑加强明显不高兴了，不管怎么说，他是传达一把手部长的指示，黄海这样顶牛，内心觉得这是不给他面子。他顿了顿，不冷不热地说：我也向新区公安分局了解了，佳美的监控录像昨天就删了，没有监控录像就没有证据，没有证据就不能把钱大都怎么样。也该武卫东倒霉，太冲动了嘛！

我已经找了市局王局长。黄海并不同意郑加强的说法，坚持说：明摆着的，一定是做了手脚！我们急急忙忙处理武卫东，就上他们当了。

你看着办吧，再见。郑加强不耐烦地挂了电话。

放下电话，黄海坐在椅子上发呆。他在想，是不是自己感情用事了？是不是明显偏袒武卫东？从部队到地方，黄海处理过许许多多复杂的人和事，从来没有哪件事让他这样举棋不定，左右为难。

黄海翻开桌上的采访本，扉页上八个大字跳入眼帘：戒急用忍，事缓则圆。黄海的两眼立刻有了光芒。他非常喜欢这八个字，也特别珍惜这八个字。尽管采访本换了一本又一本，但每次更换新本子时，他做的第一件事，就是提笔在扉页上郑重地写下这八个大字。每当看到这八个字，黄海心中就会荡起甜蜜而美好的回忆。他仿佛看到老首长那慈祥而温暖的目光，又像是回到了令他终身难忘的军营，浑身被一股无形的力量包裹着。

黄海果断地合上采访本。他已拿定主意：拖！能拖多久拖多久，反正武卫东不能开除。

下午五点多，黄海参加完日报的编前会回到办公室，还没坐下，吴天学就急匆匆地进了门，说郑加强副部长又来电话了，催着上报处理武卫东的结果。

黄海轻蔑地笑了笑，说：郑加强就这德行，只知道为领导传话，从来不主动为下面扛事。机关呆久了，老油条一个。

各人有各人的难处。吴天学好像很同情郑加强，在一旁劝解说：都是市级领导，他哪个也得罪不起。

黄海看了吴天学一眼，口气坚定地说：你告诉他，我们还没有开会，明天再说。

吴天学愣了一下，但很快又提醒说：这样拖下去也不是个办法。

只能拖，拖一天算一天！黄海坐下来准备看文件。

文件夹还没有打开，黄海蓦地站起来，神秘地冲吴天学笑了笑：你有办法了？

吴天学嘿嘿一笑，卖起了关子：我倒是有个主意，但不知当说不当说？

黄海心里并不欣赏吴天学的作派。领导身边的人，时间长了，总有点神神秘秘的，有时还会故弄玄虚，以显示自己身份特殊，与众不同。但古人说得好，当局者迷，旁观者清。在处理武卫东这件事上，黄海还是很想听一听吴天学有什么高招。他抬了抬手，催着吴天学：什么主意？说吧，这里没有外人。

吴天学走到黄海面前，两手按在办公桌边沿上，身子微微向前倾着，显得很有城府：我有个很不成熟的建议。他干咳了两声，才又说道：先放武卫东两个星期假，让他回去休息，对上就说武卫东被开除了，不来上班了。等过了这阵子，看事情有没有什么转机，比如说，佳美的那个监控录像找到了。比如说，市领导有批示，佳美不再让员工摸黑白棋子了。到那时，我们再开会研究如何处理武卫东，回旋的余地就大了。

吴天学的声音小得只有黄海能听见，一边说一边回头朝门口张望。他是怕隔墙有耳。

黄海面无表情地听着，一声不吭。

见黄海不表态，吴天学站直了身子，眼珠转了转，连忙自寻退路：我出的可能是个馊主意，就当我没说。

就按你说的办！黄海突然手臂一挥，像指挥员下达作战命令，干净利索地对吴天学布置了三件事：你马上去办。第一，给郑加强回话，就说武卫东被报社开除了，从明天起不上班了。第二，下班以后，你找武卫东好好谈谈，把他的思想包袱放下来，一定要好好休息，不要再惹出什么事来。第三，你向财务暂借三千块钱，明天上午去佳美超市，以武卫东的名义把赔偿款交了，记得让他们开收据。

吴天学没想到黄海果真采纳了他的建议，心中一阵惊喜。他谦恭地连连点头，一一应着，说马上去办。

吴天学正要出门，黄海又招呼他回来，严肃地关照说：这件事暂时就你我两人知道，千万不要扩散！

吴天学郑重地点了点头：我懂，我懂。

6

下班以后，武卫东忐忑不安地上了十楼，来到吴天学办公室。吴天学只说有事找他，但没说什么事。武卫东隐隐地感到吴天学有重要的事要与他谈，便蹑手蹑脚地走到吴天学面前，小声地打着招呼：吴主任，你找我？

来来来，坐，坐！吴天学一边热情地让坐，一边起身给武卫东泡茶。

吴天学越是客气，武卫东心里越是不安。他没有坐，仍然不自在地站着。

等接过吴天学递过来的茶杯，武卫东实在憋不住了，着急地催问：吴主任，有什么话你就直说，我是个急性子！

你坐下，我是有话要跟你说。吴天学笑着拉住武卫东的胳膊，硬是把他摁在椅子上。

吴天学拉过一把椅子，在武卫东对面坐下，笑容可掬地看着武卫东，武卫东觉得这笑脸很勉强，谁见了都会起鸡皮疙瘩。

卫东。吴天学亲切地叫着，不紧不慢地说：很快就到国庆节了，考虑到传达室人手少，大家值夜班很辛苦，我向黄社长请示了，让你休两个星期的假，好好调整调整。你看好不好？

你要说的就这事？武卫东一脸疑惑。

就这事，也是为你好，不要想得太多。吴天学向前倾了倾身子，拍拍武卫东的肩膀：明天就不要来上班了。

不是把我开除了吧?!武卫东直起腰板，两眼死死地盯着吴天学，像等待判决似的。

怎么可能呢!吴天学呵呵一笑：开除你也轮不到我给你宣布。实话告诉你，让你休息两周也是黄社长的意思。你要理解领导的苦心，听从领导安排。

真不是开除我？武卫东还是不放心，两只眼睛火辣辣地盯着吴天学。

真的!吴天学突然伸出小拇指：咱俩拉个勾好不好？我什么时候骗过你？

不拉勾了。武卫东站起来，把茶杯放到吴天学办公桌上，悻悻地说：你知道的，我就是死也不会离开报社的。

这我知道。吴天学起来走到武卫东身边，拍了拍他的后背，苦口婆心地叮嘱说：休息就好好休息，不要胡思乱想，也不要去找佳美，万一再惹出新的麻烦就不好了。黄社长这么关心你，你要设身处地地为他考虑，他比你难啊!上面有宣传部，还有市委市政府，有些事情也不是他想怎么办就能办到的，制约的因素很多很多，你要理解。从昨天到现在，上头一会一个电话，催着要开除你，谁叫你砸人家柜台呢?!可黄社长硬是顶着，他相信你老婆说的是真的，那个姓钱的一定是调戏了你老婆，要不然，为什么昨天就把监控录像删了？这里面一定有名堂。今天上午，黄社长还说要找市公安局的王局长。你是报社的员工，黄社长哪有不向着家里人的道理？我跟你说这些你应该明白，遇到事情不能冲动，要一千个一万个相信报社，相信组织，相信黄社长！

放心吧，吴主任。经吴天学这么一说，武卫东眼圈都红了，到报社几年了，还从来没有人这样推心置腹地与他说过话。他的内心充满了感激，连忙拜托吴天学：你替我谢谢黄社长，我就不去打扰他了。

武卫东苦着脸朝吴天学挥了挥手，吴天学礼节性地抬了抬手臂。

武卫东出了门，吴天学神秘地笑了笑。

7

猴子下午就约了老同学刘思维，说下班以后在兴盛公寓楼下碰面，不见不散。

刘思维在兴盛公寓租了一间房，离佳美超市很近，一图上班方便，二图一个人清静。刘思维告诉猴子，今年准备复习考研。

猴子一下班就到报社附近的一个小超市买了一瓶广都白酒，又跑到鸿运熟食店切了半斤牛肉，买了半斤茶干和一小袋花生米，钱也花得差不多了。

猴子心想，反正我个子小，肚子好打发，我少吃点，老同学多吃点。他提着装酒菜的塑料袋，挤上公交车，高高兴兴地往兴盛公寓赶，一路上一直在默默地祈祷：但愿今天心想事成。

刘思维住的地方很小，也很乱。两人一进门，刘思维就自嘲道：像个狗窝吧？

猴子笑笑：你要考研，时间宝贵啊。

刘思维说：上高一那年，我在你家住了一学期，我俩挤在一张床上，你妈几次夸我俩的被子叠得好，床铺整得干净。还记得吗？

记得记得。猴子把酒和熟食拿出来，放在靠门口的一张小桌子上，很认真地对刘思维说：我专门跑到鸿运熟食店买的牛肉，知道你最喜欢吃他们家的。

刘思维走过来，俯下身子嗅了嗅，喉结打了个滚：香，真香！

还等什么？开始吧！猴子面对面放好两把小椅子，催着刘思维：快把杯子筷子拿出来。

好嘞！刘思维拖着长音应着，显得很开心。

三杯酒下肚，刘思维用筷子指着猴子，开始套他的话：老实说，是不是有事求我？

猴子眨了眨眼，故作镇定：没有啊，什么事也没有。

你的眼神，你的语气，还有这牛肉、花生米都告诉我，你在撒谎。刘思维步步紧逼，目光刺得猴子浑身不自在。

是有点事。猴子憨厚地笑了笑：你先说一声，帮不帮我？

刘思维夹了一大块牛肉放在嘴里，一边很过瘾地咀嚼着，一边调侃说：吃了人家的嘴软，谁让我贪吃哩。

其实，在你来说也是小事一桩。猴子倒满了一杯酒，举到刘思维面前：我干了，你随意。猴子与刘思维碰杯后，头一仰，先干为敬。

刘思维也爽快地干了杯。他抹抹嘴角：现在可以说了吧？

是这样，向你打听点事，看在老同学的份上，你不能瞒我，要说真话。猴子反反复复在铺垫，就是不入正题：从初中到高中，这么多年了，同学里面，我最相信你了。

到底是报社出来的，说话的水平就是高！刘思维笑着放下筷子，一副恭恭敬敬的样子：我听你说，如实回答你的问题。

真的？猴子还是故意不说。

刘思维急了，脸一沉：再不说，我就不管你的事了。

佳美昨天的监控录像删了没有？猴子两眼盯着刘思维，单刀直入，让刘思维猝不及防。

什么？什么录像？刘思维也不看猴子，支支吾吾的：就这事？

就这事。猴子凸着小眼睛，盯着刘思维的脸：你一定知道报社有个人砸了佳美的柜台，还差点儿打了钱大都。知道吗？

知道，知道。刘思维不敢与猴子对视，显得心事重重。

你知道砸柜台的这人是谁？他叫武卫东，是我同事，是我哥哥。他为什么砸你们柜台，为什么要揍那个姓钱的，你应该比我清楚。

见刘思维不说话，猴子接着愤愤地说：我就不相信当天的监控录像当天就删了，骗谁呢？我再问你一句，是不是姓钱的那小子让你删的？

没有，没有的事。刘思维的话让人听起来软弱无力。

姓钱的一定是害怕留下监控录像对自己不利，才让你们监控室删掉的。猴子显示出少有的勇气，他盯着刘思维的脸，步步紧逼：我知道你害怕姓钱的，怕他砸了你的饭碗。但我告诉你，拿不到姓钱的调戏叶美丽的监控录像，武卫东，我武哥就要被报社开除，真要被报社开除了，没了这份工作，武哥一家日子怎么过啊。他儿子上学开销大，还要接济父母亲，到现在连个像样的房子也没有……

说着说着，猴子流下了眼泪，泪珠滴到酒杯里，又和着酒溅到桌上。

话说到这份上，我也不瞒你了。刘思维直起身子，目光在猴子脸上扫了扫，一副很真诚的样子：监控录像是钱大都让我删的，超市安全工作归他管，他让删，我不得不删。

真删了？猴子擦擦眼泪，一脸求人的神态。

删了。刘思维一副无可奈何的样子：删了就不能复原，就像人死了，不能复生。

猴子沉默了一会，拿起酒瓶给自己倒满一杯，端起来一饮而尽，然后又倒满一杯，举到刘思维面前，晃了晃，一仰头，又干了个底朝天。

猴子也不打招呼，跌跌跄跄地出了门。

刘思维站起来,想劝猴子几句,可一时又不知说什么好。他望着猴子的后背嘟囔着:老同学,你这是干什么?!

离开吴天学办公室,武卫东垂头丧气地下到大楼的负一层,这里是报社的车库,社领导的几辆小车和员工的摩托车自行车都停在下面。车库顶上只有一盏刺眼的白炽灯,离得远的地方光线很暗。武卫东的自行车停在西北角上的配电房旁边,那里是个死角,一片昏暗。武卫东懒洋洋地往配电房走。他太熟悉这个配电房了,刚到报社那半年,值夜班多,每次夜里都要到地下车库巡查,配电房是必定要察看的,有时还要在里面歇歇脚,抽口烟。

武卫东站在配电房门口,无精打采地朝里面望了望,里面除了一把铁皮椅子,全是亮着红灯绿灯的电柜。平时配电房也不锁门,只有断电或线路出了故障才会有电工进来。武卫东犹豫了一下,还是推开了配电房的门,前脚进去,后脚跟就把门顶上了。借着电柜指示灯发出的光亮,他用手将铁皮椅子上的灰尘抹了抹,然后坐下来,掏出香烟,慢悠悠在抽起烟来。随着武卫东一吸一吐的节奏,烟头上的火星一闪一闪的,映红了他那张愁苦的脸。烟抽到一半的时候,武卫东突然把烟头上的火掐了,将剩下的半截夹到耳朵上,然后掏出手机,拨出了叶美丽的号码。他对叶美丽撒了个谎,说报社加班,不回来吃晚饭了,叶美丽也没多问,就挂了电话。

武卫东心里难受。他低着头，猫着腰，像个驼鸟，一支接一支地抽烟。配电房里烟雾腾腾，跟广都的老澡堂子差不多。武卫东蜷缩在铁皮椅子上，把吴天学的话回忆了一遍又一遍，特别是吴天学的笑，还有吴天学伸出小拇指的那个动作，始终在武卫东眼前挥之不去。他越想越觉得吴天学的话不可信，休息两个星期，那以后呢？两个星期以后上不上班？吴天学没有说。武卫东后悔当时没有问清楚。这难道是个缓兵之计？真的是黄海社长的主意？武卫东越是往深处想，心里就越是担惊受怕。他太珍惜眼前的这份工作了，他不敢设想，如果没有了这份工作，那将是一个什么样的结局。不行，不能就这样不明不白地失去工作的权力，明天必须找黄海社长好好谈一谈，就是被开除也要问个明明白白。

半包烟抽完了，武卫东两眼红红的，干咳着走出了配电房。他推上自行车，恍恍惚惚地出了地下车库，然后右拐上了文化路。

路灯早已亮起来了，凉爽的风吹得路旁的梧桐树叶沙沙作响。道路两旁商家门楣上五颜六色的霓虹灯竞相闪耀，让人目不暇接。武卫东作了几个深呼吸，推着车有气无力地走在慢车道上。不时有人在他身后打铃按喇叭，他好像根本没有听见似的，慢吞吞地往前挪着步子。

快到家了，武卫东的脚步更沉了。他在想，怎么向叶美丽开口呢？说自己被报社开除了？说自己休两个星期的假？她能相信吴天学的话吗？武卫东满脑子问题，愁眉不展地推开了小院的木门。

卫东！黑暗中，叶美丽站在家门口甜甜地喊他。

武卫东心头一热，禁不住热泪盈眶。我还要向她隐瞒什么呢？她是我最亲的人，我必须对她说实话！武卫东停下脚步，傻傻地看着叶美丽，叶美丽迎上来帮武卫东推车，然后把车支在门口，拉着武卫东的手，亲亲热热地进了屋。

这一夜，武卫东一反常态，呼噜声没有了，一直在床上翻着"烧饼"。黑暗中，叶美丽侧过身子，不安地问：还在想休假的事？

哪能不想呢？武卫东平躺着，一动不动。他呆呆地望着模模糊糊的天花板，自言自语：为什么让我休息两个星期？之后呢？是不是就不去上班了？

吴主任说了嘛，黄社长这么关心你，不会开除你的。叶美丽想替武卫东缓解压力，便用手掌在武卫东胸前轻轻地划着圈子。武卫东像一具僵尸，毫无反应，任凭叶美丽温暖的小手在他胸前转着。

传达室本来人就少，我歇下来，猴子就得天天上班。多好的兄弟啊！武卫东按住叶美丽的手，语气很悲伤：都怪我太冲动，让黄社长操了心，还让猴子跟着受罪，我就是一头笨猪、蠢猪！

不许这么说，你是为了我才这样的。叶美丽抽手去捂武卫东的嘴，突然摸到腮帮上全是湿的，吃了一惊：你哭了？

没有，只是心里难过。武卫东把叶美丽的手拉回来，重新放在胸前，有些绝望地说：这两个星期会把我憋死的！

为我烧饭啊，还可以送我去上班，反正你有的是力气。叶美丽替武卫东擦了擦眼角，把脸贴在武卫东胸前，甜甜地说：你在家歇着，养足精神，我再给你生个丫头，好不好？

　　武卫东缓缓地侧过身来，把叶美丽抱得紧紧的。

第四章

1

第二天清晨天还没亮，武卫东就悄悄起了床，先做好早饭，然后把叶美丽上班的自行车推到院子里擦得锃亮。看看时间还早，武卫东又拎了只布袋子出去买菜。当他回来的时候，叶美丽刚刚起床。

叶美丽揉揉眼睛，接过武卫东手上的布袋子，一样样地往外拿：芹菜，莴笋，豆芽，洋葱。最后拿出一个打了结的塑料袋子：鱼，活的？她惊讶地看着武卫东：你买鱼了？多少钱一斤？

武卫东笑着搓搓手：一个老师傅在城南半月湖钓的，他说钓多了吃不完。不贵，两条五块钱，烧汤红烧都可以。

叶美丽望着武卫东，心疼地说：你最近瘦了，明天买点肉吧，十几天不吃肉了。

武卫东呵呵一笑：正好减肥。又问：鞋帽厂工会主席送我的那副可伸缩鱼杆放哪儿了？我要去钓鱼，钓到鱼就不要买了。

我帮你找。叶美丽的嘴角抿着，像是在笑，又像是哭。

吃过早饭，武卫东执意要送叶美丽去上班，并在自行车后座上垫了两块旧毛巾，又用细棉绳扎得平平展展的。

坐上去试试。武卫东拍拍后座让叶美丽上车，显得很有成就感。

叶美丽侧过身子，小心地一跐脚，便稳稳地坐了上去。她开心地说：也不知道哪年哪月送过我的了。

武卫东高高兴兴地推着叶美丽出了小院，一直到大马路上才挎上车子，箭一般地融入车流。

武卫东由东向西骑，后背上洒满了阳光，一片温热。叶美丽紧紧搂住武卫东粗壮的腰，头贴在武卫东后背上，一脸的满足和幸福。

武卫东骑得很快，一会就上了文化路，远远地能看到报社的大楼。

叶美丽觉得不对，拍拍武卫东潮湿的后背，皱着眉问：怎么走这条路啊？绕路了。

武卫东呵呵一笑：知道，我就是要看看报社大楼。他猛蹬了两脚，开心地说：就像跟你谈对象那阵子，一天不见想得慌。

叶美丽笑着嗔道：你也是劳碌的命。

到了长江路与文化路的交叉口，武卫东刹住车，等红灯。他指了指报社大楼，神秘地问叶美丽：好好看看，像什么？

和煦的阳光下，报社大楼像披上了金色的外衣，一片耀眼的光芒。楼顶上立着五个红色大字：广都日报社，是郑板桥手书的集字，远远望去像五团火苗在跳。

叶美丽睁大眼睛盯着大楼看，显得很为难：像什么？像大楼呗！

没文化了吧？武卫东目不转睛地看着大楼，自豪地说：像一本翻开的大书，一排排窗子就好像一行行字。

真像，越看越像！叶美丽会意地点点头，拍着武卫东的后背问：你看出来的？

我哪有这水平。武卫东深情地望着大楼，庄重地说：黄社长告诉我的。他说，这本书的作者是报社的每个人，也包括你武卫东。

也包括你？叶美丽呵呵两声：黄社长抬举你了。

我也这么想。

绿灯亮了，武卫东用力一蹬，冲向前方。

佳美超市坐落在广都新区长江路西侧，是一幢长方形的二层建筑，坐西朝东，门前有一个很大的停车场，能停几百辆车子。快到佳美超市的时候，武卫东放慢了车速，准备靠在路边让叶美丽下来。突然，一辆黑色豪华轿车呼地从他俩身边驶过，车耳朵差点擦到武卫东的车把。

不要命了！武卫东怒气冲冲地看着那辆车拐进了佳美超市的停车场。

开个大奔，有什么了不起！武卫东稳住车，让叶美丽下来。

叶美丽看着停车场，嘴里嘀咕着：那是钱大都的车，听说最近经常有人用刀子划他的车，还在追查呢。

划得好！武卫东觉得解恨。他斜着眼望着停车场，愤怒地说：这种人就是抗日战争时期的二鬼子，专门欺负自己人。说白了，就是汉奸！

我们小小老百姓，管不了那么多。叶美丽拉了拉武卫东的衣角，关照说：鱼竿子给你找出来了，要是闲得慌，就去钓钓鱼，别胡思乱想的。

武卫东像没听见似的，仍然盯着佳美的停车场看。

听见没有？叶美丽推了推武卫东：我进去了。

知道知道。武卫东漫不经心地应着。

叶美丽走到超市门口，又回头看了武卫东一眼，总觉得他有点怪怪的。

2

因为值夜班的同志要补觉，报社上午一般不开大会。一到上班时间，黄海打电话给分管经营的副社长，约他商谈广告的事。刚放下电话，座机突然响了，清脆的铃声让黄海心头一惊：是哪位领导？报纸上出问题了？

新闻单位流行这样一句话：千不怕万不怕，就怕早上领导来电话。市委书记、市长、宣传部长都有一个习惯，上班第一件事就是看当天的报纸，特别是头版的报道，觉得满意的，偶尔也会用笔在报纸上批示几句，鼓励一番；看到特别不满意的，除了批示，有时会直接打电话给新闻单位主要负责人提出批评。时间长了，黄海头顶上像悬了一把剑，整天提心吊胆，生怕出现重大差错。所以，早上电话一响，黄海就特别紧张。

黄海小心翼翼地站起来，轻轻抓起电话，话筒里立即传出徐华的声音：老黄，请你马上到我办公室来一下。

好，好。黄海不知道部长找他什么事，心里七上八下的。难道真是报纸上出了问题？部长有重要事情交待？万副市长又给他打了电话？一连串的问号搅得黄海心神不宁。但转念一想，听话听音，部长的口气挺客气的，应该不是什么坏事。

不想了，去了不就知道了吗？黄海在心里安慰自己。

赶到部长办公室，黄海径直走到徐华办公桌对面站着，气喘吁吁地问：部长找我？

来了？徐华合上文件夹，一脸的不高兴：我说你呀，怎么就把那个保安开除了？

原来为这事。黄海的心情一下子放松了。他心里有了底，故意停了停，笑眯眯地盯着徐华：你不是让郑部长转告我，要尽快处理他吗？

我没说要开除呀！徐华脸一沉，嗓门也有些高了。

万副市长说要开除，你让我尽快处理，我不开除怎么办？黄海诡异地笑了笑：万金昌一天几个电话，像催命鬼似的。

我说的是尽快研究处理意见报上来，没有说按万副市长意见办。徐华用手指点了点黄海：亏你还在部里呆过，我的话什么意思都悟不透，惭愧吧。

黄海嘿嘿一笑：我以为你跟万副市长一样的态度呢。

我是我，他是他。徐华挥了挥手，口气很反感：这个万金昌，挂职回来就走狗屎运了，要不是新区开发区上升为国家级开发区，水涨船高，恐怕这个副市长也轮不到他。这个人年轻气盛，急于出政绩，想来个杀鸡吓猴。可他的立场站错了。亲商安商没有错，但亲民安民更重要。我不知道他是怎么想的！

黄海开心地坐了下来，脸上挂满了笑容。

我听郑加强说，佳美当天就把监控录像删了，这正常吗？徐华敲了敲桌子：这里面一定有文章！光天化日之下调戏女员工，我看要开除的是那个姓钱的！

谢谢你，部长。黄海有些激动，目光中充满了敬佩：没想到部长你是这个态度。

我能有什么态度？徐华的表情很严肃，郑重地向黄海交待说：佳美让员工摸棋子掏口袋检查这件事，你们不要以为是小事。现在外企侵犯员工合法权益的反映越来越多。这要引起我们的警惕。你们近期要组织力量，深入佳美超市，把他们侵权的事实摸清楚，必要时曝曝光！

我就怕弄不好说报社影响了全市招商引资大局。黄海皱着眉，显得很为难：现在，个别市领导看我的眼神都不对，好像我欠了他多少债似的。我真恨不能把日报头版搞得像桌面这么大，让每个市领导都有一块登稿子的地方。还有，大家都在说，佳美是吴一平市长牵头引进的，不能碰。

别听万金昌瞎诈唬，拿着鸡毛当令箭！徐华的手在空中一挥，显得不屑一顾：我问过吴市长，他说就陪佳美上海总部的老总吃过一顿饭，纯属应酬，不存在什么牵头不牵头的问题！

原来如此。黄海长长地呼出一口气，显得很兴奋：部长这个信息太重要了！要不然，我们的神经始终绷着，让万金昌牵着鼻子走。说着，高兴地从口袋里拿出那份《新闻内参》递到徐华面前：有部长授权，我们就好办了。

黄海话一出口，徐华马上纠正道：此话差矣。从报社成立的那一天起，党和人民就已经授权给你们了，不存在我授权不授权的问题。停了停，又用怀疑的眼光看着黄海：我看你老黄的胆子越来越小了。刚到报社那阵子，你们帮助农民工讨薪，公开批评机关干部懒政的问题，一时好评如潮，报纸有灵魂，有锐气，有生气，令人刮目相看。现在怎么了？这种精气神到哪里去了？

部长批评得对！黄海面带愧色，内疚地说：这几年考虑报社的经济效益多了，从全局上思考问题不够，我们要改进，要尽快让报纸从版面到内容都有所改观。

徐华翻了翻《新闻内参》，赞许地说：这个标题做得好！侵犯员工人格权的游戏应当休矣！一针见血，击中要害！

徐华放下《新闻内参》，沉思了一会，然后对黄海说：我马上签给吴市长和有关市领导传阅，你们送一份到新区，直接交给万金昌。我相信这事很快会得到解决。

我回去就办。黄海起身走到门口，突然又折转身来，神秘地告诉徐华：不瞒你了，那个保安叫武卫东，我没有开除，只是让他回去休两个星期的假，看下一步情况再说。

你个老黄，给我打埋伏啊！徐华哈哈大笑，随即站起来，手一挥：就按你说的办！

3

胡蝶一上班就来到周子富办公室，两人相视一笑。

你笑什么？胡蝶歪着头，一脸调皮相。

周子富反问：你笑什么？一副若无其事的样子。

胡蝶上下打量着周子富，冷冷地笑了笑：我笑你原来也是条色狼。

你也是，女人三十如狼。周子富调侃着。

呸！胡蝶啐了一口：以后对我好点。

周子富呵呵一笑，抓起桌上的报纸漫不经心地浏览着。

胡蝶走到周子富对面，从 LV 红包里拿出一个鼓鼓囊囊的大信封放到周子富面前，小声说道：永昌你老同学这一笔广告的提成，我先预支给你。

周子富抬头看了胡蝶一眼，愉快地将大信封塞到办公桌底层的抽屉里。

你说报社会不会曝佳美的光？我就担心这事。胡蝶的脸上晴转多云。

听李总说，报社的《新闻内参》已经送到市里去了，就不知道领导怎么批。周子富放下手中的报纸，故作高深地说：依我分析，领导也不会过多干预一个外企的事，毕竟碍于吴市长、万市长的面子。再说，佳美也不是一般企业，谁都可以指手画脚。

你的意思是报社不敢轻易曝光？胡蝶的两眼又有了光芒：那样的话，一百万广告就高枕无忧了。

你也不要高兴得太早。周子富提醒说：黄社长的性格脾气你是知道的，喜怒哀乐，反复无常。再说，他五十八岁的人了，怕什么？拉开架势搞一搞佳美也不是没有可能，毕竟让员工摸棋子掏口袋这件事做得有些过。

那怎么办呢？胡蝶着急地走到周子富身边，用身体拱了拱周子富，撒娇地说：帮我想想办法嘛！

让我想想。周子富故作沉思状。

一会，周子富扬起头问胡蝶：你爸爸在家吗？

在啊。胡蝶感到莫名其妙：问他干什么？

你傻啊。周子富故弄玄虚地说：你爸爸是工商局分管广告和商标的副局长，由他出面请黄社长吃顿饭，最好把万副市长也请到，一起做做工作，你的事不就搞定了吗？就这么简单。

对呀！胡蝶有些兴奋，又很着急：什么时候请合适？

改日不如撞日。

我马上打电话。胡蝶说着就往门外走。

周子富郑重地叮嘱：抓紧办，夜长梦多。

胡蝶在门口停住脚步，转身笑吟吟地看着周子富：你也要参加哦。

周子富开心地笑笑，又会意地点了点头。

黄海在回报社的车上，就接到了胡蝶的父亲胡力维的电话。胡力维热情地邀请他今晚在皇宫大酒店聚一聚，说万金昌副市长也要参加，望务必赏光。

黄海听到万金昌的名字，脑子一嗡，一时竟不知怎么回话。

胡力维像摸准了黄海的心思似的，不露声色地说：万副市长一听说黄社长参加，很高兴，说有件重要的事要与你商量，让你一定要来。

黄海后退的路都被胡力维堵死了，他努力搜肠刮肚，竟找不到一条推托的理由。他内心根本不想吃这顿饭。但碍于情面，只得勉强答应：好吧，好吧。

一会，胡力维又发来短信息：今晚六时，皇宫大酒店三楼玫瑰厅，恭候！

黄海编好了三个字,知道了。一想太冷淡了,低头不见抬头见,吃饭就是应酬,何必这么认真呢? 于是重新发出两个字：谢谢！

黄海把手机往后座上一摔，无奈地叹了口气。他心里明白：胡力维掌握着报社广告的生杀大权，他要是不高兴，像胡蝶没来晚报的时候那样,隔三差五地派人来调查广告的合法性和真实性,报社就没有安稳日子过了! 别的不说,就这医药广告,有几家经得起严格审查的? 说是招摇撞骗也不过分! 但眼睁睁的真金白银,你要不要? 没办法,报社要钱呀! 只好睁只眼闭只眼,有时两只眼都得闭上! 可登了这些狗皮膏药又觉得良心上过不去。就这么纠结。

4

离开兴盛公寓以后,猴子一直闷闷不乐。他在心里把老同学刘思维骂过一千遍一万遍了。甩子,大甩子! 忘恩负义的家伙! 不就考了个广都职业大学吗? 既不是名牌,也不是品牌,有什么了不起! 我的高考分数达本一线了,要不是家里穷得上不起学,我会是现在这个样子? 再说,报社传达室怎么了? 武哥说了,宰相门前七品官,怎么说也不比你刘思维差,神气什么呢!

猴子真的生气了。多少年来,刘思维与他无话不说,亲如兄弟,从来没有瞒过他什么事。这一次怎么啦? 他一定是怕得罪钱大都,怕丢饭碗,要不为什么一直吞吞吐吐的? 猴子认定刘思维一定知道内情,而知道内情又不肯告诉他,这算什么老同学,算什么好兄弟? 不行,我得再找他问问,问清楚了,从此各走各的路,各过各的日子,一了百了,省得心烦。

猴子正准备打电话找刘思维,刘思维的电话却先来了,没什么多话，只要猴子晚上六点到他宿舍来，说有要事相告。

猴子放下手机，心里不停地在猜想。会不会老同学回心转意了，要把删除监控录像的真相告诉我？毕竟是老同学，多年的友谊了。

猴子暂时松了一口气，脸上有了一些喜色。

下班后，猴子提前来到兴盛公寓楼下，正准备上楼，听见刘思维在后面喊他。猴子停住脚步等刘思维，但没说话。

电梯上，刘思维高兴地举着一只塑料袋说：今天我请客，有你喜欢吃的广都盐水鹅，酱凤爪，正宗的淮扬风味，还有我们共同的爱好：油炸花生米。

猴子绷着脸，还是不吭声。

生气了？刘思维推了推猴子，亲热地说：谁跟谁啊，咱俩是兄弟，打断骨头连着筋的。

猴子斜着眼嗔道：亏你还知道。

电梯停住了，刘思维手一摊：请，咱们边吃边聊。

刘思维从床铺底下摸出一瓶广都老窖，说藏了好几年了，又拿了两只小碗，把酒倒满，然后招呼猴子坐下来，一脸真诚：兄弟我对不住你，昨天我说了假话，心里一直不安，像犯了罪似的。怎么会这样呢？咱们感情深呗！说着，端起碗在猴子面前晃了晃：先喝为敬！只听见咕噜一声，刘思维喝了一大口。

碗放下的时候，猴子拿眼扫了扫，喝了将近半碗。心里想：这还差不多，你敬我一尺，我敬你一丈，人之常情嘛。猴子爽快地端起碗，仰头就喝，只听见喉咙里咕噜咕噜响。

好了好了。刘思维拉住猴子的手：慢慢喝，不着急，我有话跟你说。

猴子抹抹嘴角，从牙缝里蹦出两个字：谢谢！

刘思维从床头柜上把手提电脑拿过来放在桌上，开机，轻点鼠标，当屏幕上出现画面时，刘思维指着屏幕说：你过来，看，这就是钱大都要我删掉的那段录像。

猴子喜上眉梢，急忙把椅子挪到刘思维身边，不紧不慢地说：我就知道你不会删掉的。

刘思维笑着扭头问：你是诸葛亮啊？

你不是说了嘛，谁跟谁啊。猴子拍拍刘思维的后背：你尾巴一翘要拉什么屎，我早看得一清二楚了。

不说了，我放给你看。

刘思维轻点鼠标，屏幕上的画面便活动起来。

佳美员工下班通道出口处，出现两个人的身影。

刘思维神情庄重地说：女的是叶美丽，男的是钱大都。

叶美丽刚走到通道入口，钱大都从后面追上来，喊着：等等，棋子还是要摸的。

叶美丽很不情愿地伸手从木盒子里摸出一枚黑子。她蹙着眉，把那枚黑棋重重地扔到木盒子里，然后低头把裤子上两个口袋掏出来拍了拍，又放进去。

正准备走，钱大都皮笑肉不笑地走到叶美丽面前，突然伸出右手,抓住叶美丽的左侧乳房,色眯眯地说:还有上衣口袋,嘿嘿。

说着,左手搂住叶美丽的脖子。叶美丽本能地挣扎着:干什么? 干什么?! ……

钱大都双手箍住叶美丽,正欲强行亲吻时,叶美丽抽手煽了钱大都一耳光,然后猛地推开钱大都,哭着冲出了下班通道。

前后不到半分钟。刘思维关掉电脑,看着猴子,一副如释重负的样子:什么都告诉你了。

猴子没有说话。他想到了武卫东,武哥。要不是钱大都调戏叶美丽,武卫东就不会砸佳美的柜台,也不会被弄到公安局去,更不会面临被报社开除的危险。都是这个该死的钱大都! 畜生,猪狗不如!

你一定要替我保密! 刘思维端起酒碗,举到猴子面前:那天刚好我当班,这段录像我是偷偷留下的,这事天知地知,你知我知,到什么时候都不能说出去,喝了这碗酒,算是咱俩的一个约定,一个口头协议。

你先把酒放下。猴子着急地把刘思维的手臂往下按,也没有接他的话:你不觉得钱大都可恶吗?

太可恶了! 几个漂亮点的女员工都躲着他。刘思维放下碗,认真地回忆说:这家伙做贼心虚,那天叶美丽离开后,他立马打电话给我,命令我马上把当天的全部监控录像删了。还不放心,下午又跑到监控室,当面盘问我删了没有,并且威胁我,不听话是要付出代价的。

我明白你的意思。猴子想不出更好的词语来说服刘思维，带着哭腔说：兄弟，大道理我也不会讲，我只问你一句话，能不能出面做个证，证明钱大都确实是调戏了叶美丽的。

别，别！刘思维伸出一只巴掌推辞着：你知道的，我也不是什么名牌大学毕业的，找份工作太不容易了。目前这个岗位虽不是我满意的，但总得有口饭先吃着。你千万不能让我丢了饭碗！

猴子盯着刘思维看了半天，然后像下最后通牒似的：我最后问你一句，什么情况下你才肯把这段监控录像拿出来？

刘思维眉头一皱，两眼呆呆地望着天花板。他压根就没想过这个问题，也没有打算让这段监控录像重见天日。沉默了好一阵子，刘思维才回了猴子的话：除非到了人命关天的时候，否则，你不能说出监控录像的事。说完，刘思维的目光停在猴子脸上，近乎哀求地说：你要理解我呀，千万不能说出去！

什么叫人命关天？猴子显得很诧异。

万不得已吧。刘思维又解释说：总之是非说不可的时候。

如果武卫东真的被报社开除了，算不算人命关天、万不得已？

那个……到时候再说吧。刘思维一边搪塞着，一边催猴子：把酒喝了吧！

猴子心想：刘思维能向他公开这段监控录像，完全是看在多年老同学老朋友的面子上，否则，对所有人来说，这将永远是个谜，是个无人能解的迷。刘思维有他的难处，我不能强人所难，否则就不够朋友了。

想到这里，猴子双手端起碗，像宣誓一样：今天这事，我听你的。干!

两只碗在刘思维和猴子头顶上一碰，发出悦耳的响声。两人同时仰起头，喝了个碗底朝天。

5

黄海提前来到皇宫大酒店三楼玫瑰厅。他早就听说由南方一家民营企业投资的皇宫大酒店落户广都，但从来没有来过。经过楼下大厅的时候，黄海已经领略了酒店的富丽堂皇，到了玫瑰厅，更觉得奢华异常，与众不同。但他仔细观察之后，又觉得有种说不出的文不对题。

玫瑰厅进门迎面是一组明代式样的红木家具：四把椅子围着一张小方桌，桌子中央立着一只尺把高的玻璃花瓶，瓶子里插了一束新鲜玫瑰，花瓶旁边有一份《广都晚报》。左手墙上挂了一只大彩电，下面放了一组棕色真皮沙发。大厅中央摆了一张进口楠木做的八仙圆桌，四周有八张配套的椅子，显得异常霸气。雪白的桌布上规律地摆着碟子、筷子、刀叉，啤酒大杯、红酒中杯、白酒小壶小杯在水晶吊灯的照耀下熠熠生辉。右手墙上悬挂着一幅烫金仿古画：《韩熙载夜宴图》，两边是一副对联，嵌在金丝楠木的镜框里，上联是：万物静观皆自得，下联是：心同野鹤与尘远。字画下面也有一张棕色真皮长沙发。

黄海心中有事，无心欣赏字画。他在小方桌旁坐下来，拿起桌上的《广都晚报》随意翻着。只一会，黄海便把报纸放下了，他想起晚上将面对万金昌，不禁一阵心烦。万金昌会说些什么呢？武卫东名义上已经被开除了，他还能做什么文章？那份《新闻内参》已经送给他了，他会拿这个材料说事？黄海想得头疼，浑身一阵阵发冷，尽管已经过了六点，但他一点食欲也没有。

一会，胡力维拎着两瓶茅台酒进来了，一见黄海早他到了，便笑着打招呼：你好啊黄社长，来晚了，罚酒罚酒！

黄海坐着没动，艰难地挤出一点笑容，握住胡力维伸过来的手，冷冷地说：不晚，还早呢。

胡力维把酒放在墙角，转身对黄海说：春节后就想请你聚聚，整天穷忙，一直拖到现在，你不要介意啊！

黄海接过服务员递过来的茶杯，抿了一口，然后抬头对胡力维说：你太客气。

哪里哪里。胡力维在黄海对面坐下来，认真地说：我那丫头从小惯坏了，很任性，有什么不到的地方，你该批评的批评，该教育的教育，不要宠她。

我会的。黄海显得不冷不热。

不过，丫头干工作还是很负责任的。胡力维像准备好台词似的，不紧不慢地夸起了胡蝶：忙起来常常不顾家，我那小外孙一周也见不到她几次面。还有，为喝酒这事，她妈妈没少骂她，但她每次都强调客观，说没有一次不是为了报社工作。

呵呵。黄海看了胡力维一眼，不置可否。

有件事要请社长多多关心。胡力维向前倾了倾身子，非常谦恭地说：丫头说与佳美超市有个一百万的广告大单要签，说是费了九牛二虎之力才谈下来的，不容易，还望社长关键时刻帮一把，毕竟是个大单，对报社来说，也是锦上添花的事，何乐而不为呢？

我何尝不想早点签下来啊。黄海苦笑了一声，无奈地摇了摇头。

正说着，一位女服务员进来了，恭敬地递给胡力维一张装帧考究的硬纸板，胡力维接过来看了一眼，马上递给黄海：今晚的菜单，请你把把关。

黄海勉强地接过，只扫了一眼，便放到胡力维面前：还是你定吧。

胡力维拿起菜单，很得意地介绍着：我特意安排了几道特色淮扬菜：清炒河虾仁，大煮干丝，鸡汁香菇，洋葱爆软兜（黄鳝去骨成整条状），另有长江三鲜：红烧鲴鱼，清蒸刀鱼，浓汤河豚鱼，外加几道时兴蔬菜和点心。说完了，胡力维看着黄海，很热情地征求意见：不知对不对你的口味？不行我再调。

太丰盛了，太昂贵了！黄海皱着眉头，并不领情：浪费了。

胡力维正想解释什么，周子富、胡蝶来了。周子富走在前面，一见黄海、胡力维，便热情地打招呼：黄社长、胡局长好！

胡蝶站在门口，看到黄海，礼节性地称呼了一声：黄社长。

胡蝶走进来，在胡力维耳边嘀咕了几句，胡力维脸一沉，急忙起身往门外走,胡蝶紧跟着出了门。

周子富一边给黄海茶杯中添水,一边说:李总出差了,来不了。

我知道。黄海抬头看了周子富一眼,心思重重地喝着茶。

前段时间,周子富与胡蝶打得火热,经常一起在外面吃喝,几次耽误了值夜班。有一天晚上,周子富正和胡蝶一起喝酒,他老婆突然打电话查岗,问他和谁在一起?周子富支支吾吾的,最后随口说了句"和黄社长一起接待客人"。周子富没想到,他老婆一个电话打给了黄海。黄海正在办公室找人谈话,被问得莫名其妙的,只好如实说晚上没有接待。周子富老婆一听火了,当时就向黄海告了状,把周子富骂得狗血喷头。之后,李晓群几次找周子富谈话做工作,但收效甚微。后来,黄海在一次中层干部会上点名批评了周子富,并调侃地问他:你就不怕吃坏肚子?不怕得脂肪肝?窘得周子富只恨入地无缝。从那以后,周子富收敛不少,但对黄海开始敬而远之,开会也尽量往后面坐。能参加今天的宴请,周子富完全是为了胡蝶。

周子富有些紧张地在黄海对面坐下,嗫嚅着说:刚才来的路上,胡主任接到万副市长秘书的电话,说万市长可能来不了了。

黄海惊讶地"啊"了一声,便不再说话了。他本来就有"入局"的感觉,现在听周子富一说,心情更加沉重起来。他茫然地朝门口望望,开始后悔自己来得太早,现在竟没有一点回旋的余地。

一会,胡力维和胡蝶回来了。胡力维走到八仙圆桌的主人位上坐下,招呼黄海在他右手位就座,周子富在他左手位就座。胡蝶走到胡力维对面位子上坐下。几个服务员进进出出忙着上菜。

胡力维笑着对黄海说：刚才又给万市长打电话了，他让我们先开始，不要等他。说完，要求服务员把他带来的酒打开。

黄海没有说话，面无表情地坐着。

胡力维见黄海有些不高兴，马上解释说：万市长临时有个外商接待，可能会晚些来。

黄海"噢"了一声，便用手盖住面前的小酒壶，不让服务员倒酒。

胡力维见状，笑着说：我存了十年的茅台，不上头，不上脸。说着，从服务员手上拿过酒瓶，站着将黄海面前的小酒壶倒了个满满当当。

黄海连声推辞着：好了，好了，要喝醉的！

胡力维回到座位上，把自己面前的小酒壶倒满，然后又把旁边的小酒杯倒满，这才把酒瓶递给胡蝶。

大家都用小杯子吧。胡力维端起小酒杯，站起来，面朝黄海，动情地说：黄社长今天能来，给了我天大的面子！报社、工商是一家，今后黄社长有用得着我的地方，尽管吩咐，我一定效犬马之劳！他看了看手中的酒：先干为敬！一仰头，一杯下肚。他咂着嘴，把空杯子举到黄海面前：干！

黄海很勉强地站了起来，端起杯子与胡力维手中的空杯子碰了一下，然后一口干杯。

周子富、胡蝶异口同声地说：好！

胡力维用公筷夹起一条刀鱼递到黄海面前的盘子里，话说得像个捕鱼专业户：清明前的刀鱼是最好的，肉嫩骨头软。现在长江里的刀鱼很少见了，几个月前，你们报纸曾报道过，一条渔船一天才捕到几斤刀鱼，到了省城能卖上千块钱一斤呢！

胡蝶插话说：现在的刀鱼都是家养的，但味道还是很鲜美的。

黄海尝了一点，嘟囔着：这样的美味，哪有不好吃的。

正说着，胡力维又倒了一小杯酒，恭恭敬敬地走到黄海面前：这一杯是我单独敬社长的，感谢你对丫头的关心。你随意。说完，一饮而尽。

胡蝶在一旁鼓动说：社长不会随意的。

黄海见胡力维站在面前不走，心一横，头一仰，又喝了个满杯。

周子富、胡蝶在一旁鼓着掌：社长好酒量！

胡力维一边招呼大家吃菜，一边用眼神示意胡蝶敬酒。

胡蝶心领神会，连忙倒满一小杯，翘着兰花指，捏着酒杯走到黄海面前，笑盈盈地说：社长，小胡不懂事，请你多多关照！说着，下巴一抬，只听见"吱"的一声，空杯子已经举到黄海面前。

黄海骨子里不喜欢这个局长千金，总觉得她身上缺少像武卫东那样的忠诚和直爽，而且太会演戏，表里不一。这几年，黄海一直后悔，当初真不该答应胡力维将胡蝶调入晚报广告部。但木已成舟，世上没有后悔药可吃。再说，吃饭喝酒就是逢场作戏，当着大家的面，没有必要与她多说什么。

黄海没有起身，只说了句谢谢，便把杯中酒干了。

三杯酒下去，黄海觉得浑身冒火，头也有些重了。他在心里告诫自己：要控制好，不能再喝了。

大家正埋头吃菜时，胡力维的手机响了，是万金昌打来的。胡力维笑着接了：万市长，我们等你呢！

电话那头万金昌说：我这里接待外商实在走不开，你们吃吧。

胡力维一听万金昌不来了，连忙说：万市长，你跟黄社长说两句吧，他一直盼你来呢。说着就把手机举到黄海面前。

黄海很不情愿地站起来，接过手机，只听见万金昌在说：黄社长啊，很抱歉，下次我们找机会再聚。另外，佳美的事请你多理解，多支持！市委市政府要求新区开发区尽快成为全市招商引资的排头兵，我压力大啊！现在招个商太不容易了。听说那个砸柜台的保安已经开除了，这很好嘛！我代表新区感谢你！

不，不要。黄海不想多说什么，便把手机还给了胡力维。

胡力维又倒满一小杯，站起来一本正经地对黄海说：刚才万市长在电话中交待了，让我代他敬你一杯酒，这杯酒是代表市长的，你一定要干哟！

黄海连连摆手，愁眉苦脸地说：我是出了名的"三杯倒"，不能再喝了。

就一小壶，不再给你加了。胡力维用黄海面前小酒壶里的酒替他倒了一小杯。

黄海知道，这杯酒不喝是不行的。代表万市长敬的酒你也不喝？你小子太牛了吧？

黄海动了动身子，端着杯子想站起来，可一起身就头昏目眩，差点歪倒。

胡力维一只手扶住黄海，一只手端着酒杯：我先干了。

黄海见状，什么也没说，两眼一闭，一仰头，又是一个满杯。

黄海两眼惺忪地坐下来，觉得整个人像腾云驾雾似的，身子轻飘飘地在空中翻着跟斗，而且越翻越快。他想控制自己坚持住，可大脑不听使唤，两眼怎么使劲也睁不开。

黄海低下头，趴在桌子上，一副醉态。

周子富本想过来敬酒的，一看黄海趴着不动弹了，担心地看着胡蝶说：社长怕是醉了。

胡蝶看着胡力维，不知如何是好。

胡力维神态自若地自斟自饮了一杯，然后朝胡蝶抬抬手：我有点事先走，你们在这儿守着，等黄社长酒醒了把他送回去。说着，头也不回地出了门。

胡蝶和周子富一人挽住黄海一条胳膊，吃力地把他架到仿古画下面的真皮长沙发上躺着。

胡蝶看到黄海像失去知觉一样任人摆布，讥讽说：就这酒量，上不了台面！

周子富同情地说：他可能真的不会喝酒。

正说着，有人进来问：你们预订的两个陪歌小姐还要不要？

周子富抢先回了话：不要了。

话没落地，胡蝶眨眨眼说：请她们过来吧。

周子富怔怔地望着胡蝶，不知她葫芦里卖的什么药。

胡蝶朝周子富笑笑：反正钱也预付了，过来聊聊天也好啊。

胡蝶的这个决定也是一瞬间作出的。那两个陪歌小姐原本是为万金昌准备的，现在万副市长不来了，钱也预付了，为什么不让她们来陪陪黄海呢？这可是千载难逢的机会啊！如果能拍几张黄海与小姐在一起的照片，这顿饭就没白吃，这个钱就没白花！说不定从此就扼住了黄海的死穴！

胡蝶在脑子里快速地盘算着，她为自己的"灵机一动"而心花怒放：黄海啊黄海，你日后就是浑身是嘴也说不清了。

一会，两个陪歌小姐进来了。一个瓜子脸，一个圆盘脸，一样的涂脂抹粉，一样的鹅黄色吊带裙，一样的袒胸露肩，性感异常。

胡蝶上下打量着，满意地点点头，然后指了指沙发上的黄海：这位老板酒多了，你们给他按按，醒醒酒。停了停又提高嗓音说：按好了有小费。

二位陪歌小姐笑着也不答话，一个走到黄海头前坐下，把黄海的脑袋搬到大腿上按摩；一个蹲下来替黄海按捏双腿。胡蝶一看这架势，高兴地说：好，好，就这样按！

那位圆盘脸小姐扭头朝胡蝶笑笑：我们懂的。

周子富一看急了，连忙把胡蝶拉到一旁，惊慌地问：这样不好吧？

胡蝶甩开周子富的手，轻蔑地看了看周子富：有什么不好？再说，天知地知，你知我知，怕什么！

周子富一愣，打了个冷颤：我去一下洗手间。

胡蝶笑笑：快去吧。

周子富一出门，胡蝶便拿出手机，摁下拍照键，举起来对准黄海和两位小姐，一连拍了十几张。

那位瓜子脸小姐板着脸看着胡蝶，一副不容商量的口气：小费是不能少的！

胡蝶也不答话，收起手机，马上从 LV 红包里拿出六张一百元的票子，给二位陪歌小姐一人递了三张，严肃地关照说：你们就当什么也没看见，知道了?！两人把钱折成小方块，往胸罩里一塞，连声说：规矩我们懂的，你一百个放心！

黄海像是死了一回，任由胡蝶、周子富左右架着出了酒店，挪进出租车，扶着上了报社十楼，躺到办公室里间的休息室。

胡蝶打开床头柜上的台灯，问周子富：这人醉了，怎么跟死过去一样？

周子富心有余悸地说：我醉过，难受呢，像害了一场大病，一个星期都缓不过劲来！

胡蝶看看手机上的时间，一边往外走，一边对周子富说：九点半了，我去处理一个整版广告，你在这里守着。

周子富跟着胡蝶走到外面办公室，皱着眉说：让安静来换我吧。

胡蝶转身双手搭在周子富肩上，轻轻地在他脸颊上亲了一口：我知道！

周子富心烦意乱地在黄海办公室走来走去。他想到刚才酒店里胡蝶让陪歌小姐给黄海按摩的那一幕，内心的恐惧感像小虫子似的爬上心头。这胡蝶也太狠毒了！趁黄海喝醉了，使这样的阴招，无非是想坏人家的名声，卡人家的脖子！唉，天下没有不散的筵席，她哪天算计到我周子富头上，我就没有好日子过了。防人之心不可无啊！对！小心驶得万年船，从今往后得防胡蝶一手，免得吃亏。

正想着，安静急匆匆地来了，一见周子富，便问：社长醉了？在哪儿呢？

周子富朝里间休息室指指：里面躺着呢。说着，就往门口走：我有点事，辛苦安总了！

安静也不答话，直奔里间休息室。

周子富在门口停住脚步，侧耳听了一会，方才离去。

黄海仰面躺在床上，嘴巴张着，喉咙里发出"呼呼"的声响，满屋子都是酒气。安静捂着鼻子走到黄海床前，还没来得及细看，只听见"哇"的一声，黄海吐了，一股难闻的气味呛得安静直想吐。

借着台灯微弱的光亮，安静看到，脏物从黄海胸前一块一块地往下塌，像山体滑坡一样，床单上瞬间湿了一大片。

安静痛苦地咽了咽吐液，转身走到洗脸盆旁，拿了毛巾，放了一盆水准备打扫脏物。

安静细心地用毛巾包住呕吐物，然后浸到洗脸盆中清洗，挤干毛巾后再擦，先后换了五盆水，才把床单上的脏物处理干净。

安静侧身坐在床沿上喘着气。她看着昏睡不醒的黄海，怜悯之心油然而生。

五年来，安静担任日报的常务副总，忙里忙外，吃了不少辛苦。但她心里明白，黄海比自己更难，更苦，更受煎熬，是名副其实的"老黄牛"。

称黄海"老黄牛"，这是市委郝义伟书记亲口说的。今年春节前，郝义伟和徐华一行到报社走访慰问，黄海汇报说，现在舆情越来越复杂，线上线下，手机微博，海量信息，铺天盖地，稍不留神就会出问题，周边城市报纸有把党和国家领导人姓名搞错的，也有广告词使用低级庸俗语言的，五花八门。所以，我们强调，广都报社的每一个记者编辑都要当好忠于职守的守门员。听到这里，郝义伟意味深长地对黄海说，你的担子重啊！黄海当即表示，请市委放心，当好守门员从我做起，现在外面的那些研讨会、学术讨论会、媒体高峰论坛，我一概不参加，专心致志办报，睁大眼睛把关。今年以来，每天的广告版我都要看看，否则，觉睡不安稳啊。听完黄海的汇报，郝义伟沉思良久，感慨地对徐华说，报社需要黄海这样的"老黄牛"！

安静小心翼翼地解开黄海的衬衣扣子，用毛巾轻轻地擦身。她想起自己的父亲有一次醉酒后，吐得满身满床都是，她也是这样不厌其烦地擦着。安静看到还有脏物淤积在黄海的腰间，便伸手去解黄海的皮带。突然，她的手像触电似的抽了回去。她敏感了：这样的时间、这样的地点，这样做合适不合适？……

安静愣住了。她直起腰，拢了拢头发，心想：我心无邪念，只是像医生给自己的病人看病一样，这是职责所在。如果一个劲地往邪处想，只能说明自己心地不干净。再说，黄社长与我父亲年龄相仿，我这么做，也是作为一个晚辈应该做的。想到这里，安静毫不犹豫地解开了黄海的皮带，拿毛巾把脏物一点点地包住擦掉。

安静的脸渐渐红了。她颤抖着手吃力地替黄海系好皮带，然后把毛巾浸到洗脸盆里。

在洗脸盆上方的镜子里，安静呆呆地看着自己的脸。她在心里发问：怎么这样慌里慌张的？你做错什么了？

没有！绝对没有！虽然这样想，但安静的整个脸还是烧得厉害。

6

叶美丽是坐公交车回家的，到家后里里外外找武卫东，就是不见人影。她摸出手机一遍遍地打，但语音始终提示对方无人应答。看看天色已晚，叶美丽心神不定地开始做晚饭。

菜饭做好了。叶美丽盛了两碗放到桌上，筷子齐刷刷地卧在碗边。她盯着饭碗愣了一会，又开始拨打武卫东的手机，但还是没人接听。

正当叶美丽六神无主的时候，武卫东拖着疲惫的身子回来了。

叶美丽没有责怪他，体贴地问：怎么这么晚？

武卫东朝叶美丽笑笑：没事。

快吃吧，饭快凉了。叶美丽催武卫东吃饭，自己却不动筷子。

武卫东狼吞虎咽地吃起来。

你怎么不吃？武卫东抬起头，嘴里含着饭，含糊地问。

你一定有事瞒着我。叶美丽还是没动筷子，眼神忧郁地看着武卫东。

武卫东喉结打了个滚，随即放下碗筷，爽快地说：本想吃好饭跟你说的。是这样，我跟踪钱大都了。

什么？！叶美丽惊讶得两眼滚圆：你跟踪他干嘛？

我就想摸摸他的裤裆，还是不是个男人！

你千万不能乱来！砸柜台的事还没有完，再闹出什么事来，你怎么对得起黄社长。叶美丽带着哭腔，一脸的惊恐和不安。

我不会有事的。武卫东的两只手比划着，像在讲故事：中午和晚上下班的时候，我就骑着车跟着钱大都那辆大奔，看他住哪个小区。唉！武卫东失望地说：人多车多，跟着跟着，还是跟丢了。今天便宜那小子了！

求求你别跟了。叶美丽哭了，嘴唇颤抖着：胳膊扭不过大腿的。你不为自己着想，也要为我和儿子想想啊！

看到叶美丽流泪了，武卫东心软了，一时不知说什么好。他把叶美丽的饭碗往她面前推了推，一副很不甘心的样子：听你的还不行吗？吃饭，赶紧吃饭。

真听我的？叶美丽盯着武卫东，显得很不放心。

真听你的，不跟了！武卫东说这话的时候，牙齿咬着，像赌咒发誓似的。

那好。叶美丽擦了脸上的泪水，劝说道：真听我的，从明天起，你去钓鱼。你不是说城南半月湖有鱼钓吗？

我也是那天听卖鱼的老师傅说的。武卫东见叶美丽开始吃饭了，便开心地说：明天我就去钓鱼，保你有鱼汤喝，有红烧鱼吃。好不好？

我等着。叶美丽深情地看着武卫东，满意地点了点头。

第五章

1

皇宫大酒店的一顿饭，让胡蝶兴奋了一晚上。躺在床上，她喜不自禁地拿着手机，把黄海与两个按摩女在一起的照片看了一遍又一遍。太难得了，太精彩了，简直是天赐良机！有了这个秘密武器，还怕黄海不低头？胡蝶从睡梦中笑醒了好几回。

第二天一大早，胡蝶梳妆打扮之后，兴致勃勃地开着她的红色 POLO 上了路。她家住在广都新城月亮湖边上，向东不远就是佳美超市。胡蝶的车出小区后，便上了环湖大道，车载收音机里播放着邓丽君的《小城故事》，甜美圆润的歌声把胡蝶的心撩拨得痒痒的，她小声地和着，哼着，摇头晃脑的，整个人像涨满风帆的小船，有一股无形的力量在推动她勇往直前。

胡蝶看看时间还早，便缓缓地在环湖大道上兜着圈子。窗外，月亮湖平滑如镜，湛蓝的湖水像一块巨大的宝石泛着幽静的光亮。

湖堤上，三步一桃，五步一柳，柳树修长的枝条像少女的披肩秀发，瀑布般地一泻千里，令人浮想联翩。胡蝶打开车窗，让凉爽的风吹进来。她作了两个深呼吸，踩住油门，车子明显快了，风从车窗蹿进来，发出呼呼的声响。胡蝶打了个喷嚏，随即关上窗门，车内再一次高高地响起邓丽君的歌声。她拢拢头发，愉快地转动着方向盘，车子快速向佳美超市驶去。

佳美还没开门。胡蝶慢悠悠地开着车子，围着佳美超市转了一圈又一圈。她开始觉得时间过得太慢太慢，恨不能一步跨到钱大都的办公室，让这位未来的合作伙伴尽情地分享她的喜悦。

佳美终于开门了。胡蝶兴高采烈地把车子开到停车场停妥，然后三步并作两步跑到二楼钱大都的办公室。

钱大都坐在真皮转椅上，正在品茶。见胡蝶这么早过来，一脸惊喜，很客气地打着招呼：胡总这么早登门，一定有好事。

胡蝶上身穿了件薄薄的灰色紧身羊绒衫，下身着一件白色西装裤，脚上穿了一双红色尖头皮鞋，头后的马尾辫上多了一只紫红色的蝴蝶结。待气喘匀了，她才半嗔半喜地走到钱大都对面，自谦地说：什么胡总，就是个跑腿的，哪比得上钱老板啊。

钱大都上下打量着胡蝶，半真半假地说：你骨子里比我肥。

别拿我开心。胡蝶显然不想谈论这个话题。

我早替你算过了。钱大都是哪壶不开提哪壶。他看着胡蝶，扳着手指头算开了账：晚报的年广告额按六千万算，你们广告部可以提成六百万，除去七七八八的开支，起码还有近百万归你们主任副主任二人。没错吧，胡小姐？就咱佳美这一单，你就可以拿到不少于十万的提成。这样算起来，是你比不上我，还是我不如你啊？

钱大都滔滔不绝地比划着，两眼色眯眯地在胡蝶胸前扫来扫去。

胡蝶没想到钱大都对她的年收入算得如此精准，一时竟无言以对。她不好意思地笑了笑，岔开了话题：钱总，我来是有好消息告诉你的。

我就说嘛，一定有好事。钱大都起身倒了一杯茶放在办公桌上，然后双手搭在胡蝶肩上，把她按在椅子上：请用茶。

胡蝶也不客气，端起茶杯象征性地抿了一下，然后像打机关枪似的，把昨天如何约万金昌和黄海，如何精心选择酒店和安排菜肴，如何请他爸爸出场，绘声绘色地给钱大都描述了一番，最后又添油加醋地说：昨晚上黄海社长可开心了，茅台喝了半斤多，走的时候摇摇晃晃，一个劲地说佳美是大客户，我们要保护的。又关照我，小胡，你可要服务好哟！

钱大都听得云里雾里的，机械地点着头。听着听着，他突然醒悟了：胡蝶是来表功的，也是来邀赏的。为了佳美，她花钱了，破费了，而且父女两个一齐上阵，真是用心良苦啊！作为即将开业的外企，可不能一点表示也没有啊。强龙不压地头蛇，搞好关系是第一位的！

胡蝶眉飞色舞地说完了，端起杯子，咕噜咕噜喝了几大口。

她笑眯眯地抹抹嘴，头歪向钱大都：怎么谢我？

钱大都早有了思想准备，笑容可掬地说：胡主任，让你破费了。说着，不紧不慢地从办公桌抽屉里拿出一张银行卡放在桌上，然后用中指和食指按着，一条直线推到胡蝶面前：一点心意，感谢你，也感谢胡局长的厚爱。

胡蝶眼睛一亮，略微迟疑了一下。她没想到钱大都这么慷慨，竟然送她银行卡。

胡蝶朝钱大都莞尔一笑，愉快地拿起银行卡，放到随身携带的 LV 红包里。她抬起头，开心地看着钱大都：谢谢钱总。说着，站起来准备告辞。

钱大都主动走过来送胡蝶，胡蝶高兴地摊开两手，做了个要拥抱的动作。钱大都眉开眼笑地迅速贴近胡蝶，双手把她的腰搂得紧紧的。

胡蝶在钱大都耳边柔柔地问：广告合同可以签了吗？

我再催催总部，估计快了。话刚说完，钱大都头一歪，猛地在胡蝶脸颊上亲了一口。

胡蝶用力推开钱大都，拉下脸哼了一声。她用手擦擦嘴巴，转眼又撒娇地说：别让我等得太久哦。说着，走到门口，回头给了钱大都一个飞吻。

钱大都望着胡蝶的背影，莫名地笑了笑。

2

　　自从知道佳美监控录像的真相以后，猴子心里像有两只拳头在捶他：一只是刘思维的，时时在提醒他，要保密，要遵守诺言，不能害了老同学。另一只是武卫东的，天天在催促他，兄弟，找老同学了吗？什么时候给哥哥一个惊喜啊？

　　猴子在心里骂自己贱骨头，窝囊废！他一直后悔不该喝刘思维的那顿酒，不该与他达成那个口头协议。

　　猴子心里憋得难受，但又不能说给别人听，他唯一的排解办法就是干活，不停地忙碌着。本来两封信可以一次送到楼上，但他为了不让自己闲着，偏要分两次上楼，而且不乘电梯，坚持在楼梯上吃力地上上下下。

　　吃过午饭，猴子在传达室漫不经心地玩着手机。当翻到武卫东的名字时，猴子心头一热，眼眶一下红了。过去天天见面无话不说的武哥，竟然像消失了一样断了联系。他在哪儿？他在干什么？他心情好不好？不行，我得找他，我要听到他的声音，我要宽宽他的心。

　　猴子果断地拨出了武卫东的手机号，就几秒钟，手机里传出武卫东爽朗的笑声：猴子，这两天死到哪里去了？怎么连个电话都没有？怎么样？缺钱跟哥说一声，哥想办法。

　　武哥，哥！猴子亲热地叫着，声音颤颤的：我天天想你，天天都想给你打电话，但事情没有眉目，我怕，怕你失望。

失望个屁啊！武卫东哈哈大笑：本来就没有指望有什么结果，那帮人坏得很呢。

是的，对的。猴子有些语无伦次：我会继续的，我会努力的。哥，你放心，放心在家歇着，替嫂子烧烧饭，也挺好。

哪能天天在家烧饭。武卫东得意地说：我在外面钓鱼哩！

在什么地方？钓到了？

在城南半月湖，看样子是个钓鱼的好地方。武卫东高兴地告诉猴子：刚才上了一条大鲫鱼，有一斤多。晚上到家里喝酒吧？

不，不了。猴子连忙推辞，像做了亏心事似的：哥，改日我来陪你钓鱼。

好，鱼咬钩了，不说了。

猴子还想说什么，手机里已经传出嘟嘟的响声。这声音，猴子听得特别刺耳，特别难受，他觉得这是武卫东对他说谎的呵斥声。

正当猴子与武卫东通电话的时候，广都市政府大门口聚集了二十多个女同志，全都穿着印有"佳美超市"字样的工作服。其中就有叶美丽。两个身高一点的女员工拉着一条白底黑字横幅，上面写着八个黑体大字：尊重人格，还我尊严。

市政府门口是敏感地带，容不得上访人员在此滞留，更不允许围堵大门什么的。很快，政府信访接待处的人来了，市妇联的工作人员也赶来了，他们摊开手，像赶鸭子似的把上访女员工拢到大门一侧，七嘴八舌地开始做工作。因为说话的人多，又是在大马路边，所以乱哄哄的一片嘈杂声，谁也听不清谁在说什么。有记者模样的人捧着小本子在单独采访上访女工，也有行人拿着手机在拍照。

正当双方情绪激动的时候，市妇联的一位女同志尖叫了一声：我们马主席来了！

马主席是市妇联副主席，分管信访接待工作，长得人高马大，头发留得短短的，走路昂首挺胸，大步流星，远看像个男的。

姐妹们，姐妹们！马主席开口了，第一声比较柔和，像偌大的湖面上扔进了一块小石头。第二声像晴天一声霹雳，惊得全场顿时没了声音，所有人的眼睛不由自主地转向了马主席。

马主席抬起双手，做了个安静的手势，又喊了一声，姐妹们！这一声与前两声都不同，音量不大不小，语气不轻不重，态度不卑不亢。总之，恰到好处，恩威并重。

很显然，马主席是个接待上访的老手，她的一举一动一言一行都拿捏得十分准确，控制场面的能力更是炉火纯青。见火候到了，马主席满面春风地说：妇联是咱女职工的家，这个家很温暖，很贴心，大家推两名代表跟我到妇联去，有苦诉苦，有怨申怨，妇联替你们做主，为你们撑腰！好不好？！

一阵躁动之后，人群中有人在问：那个调戏妇女的钱大都你们敢不敢管？

马主席一只手叉着腰，一只手在空中做了个拉弦的动作，斩钉截铁地说：他裤裆里就是揣着两颗手雷我也敢把它拽下来！

话一落地，全场哄笑。一阵叽叽喳喳之后，两个拉横幅的女工手拉着手走到马主席面前，胆怯地问：我俩跟你走，行吗？

马主席一手拉着一个，开心地说：这就对了嘛，我的好姐妹。走，回家去！

3

下午一上班，孔小泉急匆匆地赶到黄海办公室。黄海脸色蜡黄，无精打采地在看文件。整个一上午他都在床上躺着，昨晚的醉酒，让他觉得五脏六腑像被人掏走了一样难受，一坐起来就头昏目眩，看到的景物都像动画片似的，前后左右乱晃。他一直躺到午饭后，才硬撑着爬起来喝了一碗食堂为他做的稀粥，但始终提不起精神。

孔小泉小心翼翼地走到黄海面前，轻轻地问道：社长，没事吧？

黄海缓缓地抬起头，表情很痛苦。他看着孔小泉，吃力地动了动干裂的嘴唇：没事。

孔小泉细声细语地汇报说：佳美超市的女员工中午去市政府上访了，两名女工代表现在还在市妇联。

见黄海没反应，孔小泉又提高了嗓音：《扬子江日报》《现代晚报》驻广都记者站的记者都到了现场，好像还有中新社的记者，看上去采访得都很仔细。停了停，孔小泉有些激动地说：这可是一条难得的突发好新闻啊！

黄海没有马上接孔小泉的话。他费力地打开电脑，缓慢地移动着鼠标，说话声音很微弱：你看，刚刚发生的事，网上就有了，还有照片。

孔小泉走到黄海身边看电脑。

黄海指着一张照片说：好像是叶美丽？

孔小泉凑近看了看，自信地说：是她，我认识，她在现场的。

你准备怎么报？黄海抬了抬瘦长的手臂，示意孔小泉坐下来说。

由于有了前期的采访，这稿子好写。孔小泉走到黄海对面，站着向黄海汇报他的打算：佳美女员工上访是一个很好的新闻由头，就从这里落笔，然后步步展开，层层推进，揭开佳美侵犯员工人格权的真相。报得好的话，这稿子明年评个省好新闻奖应该没有问题。

黄海一直在听孔小泉说，既没有点头称好，也没有开口说不，弄得孔小泉一时丈二和尚摸不着头脑。

见黄海不表态，孔小泉又补充说：如果佳美超市晚上下班的时候取消摸黑白棋子，那这稿子就没有必要再写了。说这话的时候，孔小泉一脸沮丧，如同老渔翁钓到一条大鱼，可转眼间鱼又脱钩跑了。他内心好像并不希望佳美超市马上知错改错。

有这种可能。黄海的声音有些嘶哑：当然，最主要的还是要从全局上思考问题。

是的是的。孔小泉心情很矛盾地在黄海对面的椅子上坐了下来。

你想想，全市招商引资动员大会上个月刚开过，郝书记特地从中央党校赶回来，并在会上作了重要讲话，可见市委对这项工作是何等重视！黄海一只手平放在桌子上，一只手托住尖削的下巴，喘着气说：吴市长对佳美超市也很关心，听说要亲自参加开业典礼，在这节骨眼上，我们公开曝佳美的光，合适不合适？有没有帮倒忙的嫌疑？再说，以上访作为新闻由头，总觉得不太好。

孔小泉不停地点着头，好像被黄海的分析折服了。他顺着黄海的思路说：媒体的职责就是帮忙不添乱。想了想又说：这样看来，这稿子还是不报为好。

我也这么想。黄海沉吟了片刻，弱弱地问孔小泉：你看到《扬子江日报》《现代晚报》的记者到现场了？

我亲眼看到的，那几个记者我都认识。孔小泉好像明白了黄海的心思，自告奋勇地说：要不我摸摸省报的情况，看他们怎么处理这篇稿子？

好吧。黄海打着呵欠，有气无力地吩咐说：做好两手准备，省城报纸报，我们也报；他们不报，我们不带这个头。

明白！孔小泉领命而去。

4

整个下午和晚上，黄海都在纠结。孔小泉采写了现场目击记：

《佳美超市女员工上访为哪般？——员工的人格权不容侵犯》，稿子就在桌上放着。真是一篇好文章！有现场描写，有人物对话，文笔流畅，文风朴实，分析透彻，令人信服。黄海几次提笔想再润润色，可终究没有改动一个字。

黄海盯着稿子一动不动。他心里一直在揣摩：省城的媒体明天会不会发出同样的稿子？不发，皆大欢喜，相安无事。如果真的发出来，广都的媒体只字未报，这会带来什么影响？媒体的沉默就是对公众的亵渎，该发声时不发声，就有失喉舌的美誉。

唉，难，真难！黄海在办公室里艰难地踱着方步，一时竟没了主意。

一直到晚上九点多钟，孔小泉才给黄海打电话，报告说私下了解了省城几家主要媒体，都不打算发佳美超市女员工集体上访的稿子，认为这搞不好会引发更大规模的上访，对广都安定团结的发展局面不利。

好，好！黄海像吃了一颗定心丸，突然松了一口气。他有些自负地说：我就说嘛，省城的媒体总是站得比我们高，想得比我们深。不报也好，我们就正常出报吧。

社长，我有个建议。孔小泉有些意犹未尽：以防万一，你是不是给宣传部郑加强部长通一通，看看部里市里对今天的上访有没有报道上的要求。

好，你提醒得好！黄海自嘲地说：年纪大了，关键时刻脑子不够用。

你是报社的统领，头绪太多。孔小泉尽管觉得黄海在处理佳美的稿件上有点畏首畏尾，拿不定主张，但话一出口，还是让黄海听得舒服：你思考问题很缜密，值得我好好学习。

黄海呵呵一笑，客气地与孔小泉打着招呼：谢谢，挂了！

电话刚放下，黄海又拨通了孔小泉的手机：小泉啊，《扬子江日报》是省委机关报，他们的态度很关键。你找谁打听的？

孔小泉在电话里打着包票，十分肯定地说：我找的是值班总编，错不了。放心吧，社长！

好，好！黄海满意地挂了电话。

第六章

1

让黄海万万没有想到的是，第二天，《扬子江日报》《现代晚报》等省城媒体全都报道了佳美超市女员工集体上访的事，并且一致呼吁：外企必须遵守中国法律，不得侵犯员工人格权。同时指出，和谐的劳资关系，才是企业生存发展的源头活水。

几家报纸的电子版也早早上了网，到早上八点，全国有近百家网站转发了省城媒体的稿件，网民留言有近千条。让人称奇的是，几乎所有网民都很理性，没有过激言论，也没有夸大其词，完全是摆事实，讲道理，强调的是尊重民意，依法维权。线上线下，如此默契，像有一个总指挥似的。

八点钟的时候，黄海正在报社四楼食堂吃早饭。他有一个习惯，随身带着那只小收音机，边吃边听广都人民广播电台的早新闻。用他的话说，听的不仅是新闻，也是新闻同行的动向。比如，广都的广播电台有没有什么大的策划？有没有率先报出什么重大新闻？知己知彼，百战不殆嘛。

听完《广都早新闻》，没有听到有关佳美超市女员工集体上访的报道。黄海的心又踏实了许多。毕竟本地媒体都没有报，即使市领导追究下来，有广都电台做伴，报社不至于太难堪。想到这里，他甚至庆幸自己昨晚的决心下对了，同时对广都电台多了一分好感。

黄海早饭没吃完，孔小泉的电话就来了。

社长，不好了！孔小泉的语气急迫得让人窒息。

什么事？黄海一手拿着筷子，一手拿着手机，表情镇定自若。

省城的媒体都报了。孔小泉几乎是哭着说出这句话的。

是佳美的稿子吗？黄海的心猛地往下一沉，脸拉得老长老长。他知道自己在明知故问，但内心真的希望孔小泉的回答是否定的。

是的。孔小泉哽嗵着，语气显得伤心透顶。

这怎么可能呢？黄海急了，把筷子往桌上一拍：你见到报纸了？

我就是在报摊上看到报纸才打电话的。

孔小泉见黄海不说话，连忙作检讨：都怪我情报摸得不准，误导了社长的决心。我，我太混账了！

也不能全怪你。黄海拿着手机愣了一会，但很快醒过神来：广都电台报了吗？

孔小泉说：早上七点的新闻报了，八点就没有了。

怪不得呢。黄海自言自语。沉思了一会，他才对孔小泉说：你现在就赶到佳美去，重点采访员工的反响和店方的态度，了解仔细一些，深入一些，争取拿出一篇像样的后续报道，明天见报！

孔小泉连声说好，表示马上就赶到佳美去。

放下手机，黄海首先想到了郑加强。

昨晚十一点，黄海给郑加强打了很长时间的电话，就是想让他帮助拿个主意，可郑加强说来说去就是那句话，部里没什么特别要求，你们自己把握好。黄海又问徐华部长有没有什么指示，郑加强打着官腔说，部长历来强调媒体要讲政治。似乎说了，好像又什么也没有说。黄海知趣地挂了电话，在心里骂道：什么玩意，滑得像泥鳅！他本想直接打电话给徐华的，一看时间确实太晚了，怕影响部长休息，就打消了打电话的念头。

唉，就是一念之差！

2

黄海丢下碗筷，铁青着脸赶回办公室，一进门就接了郑加强的电话，说徐华部长让他马上到办公室来。黄海没好气地撂了一句：知道了。

一到宣传部，黄海觉得身后有无数双眼睛在盯着他，空气中好像游荡着一个微弱但又清晰的声音：你怎么搞的？你犯错误了！你要挨批了！黄海朝迎面走过去的人点点头，每个人都神秘地报以一笑，这让黄海如芒在背。他觉得每个人的笑是那种让人难以捉摸的笑，简直就是笑里藏刀！

黄海蹑手蹑脚地走到宣传部办公室门口，办公室主任亲切地叫了一声"黄社长"，这让黄海很温暖。他抖擞精神，强作笑脸问：部长找我？

部长等你呢。主任悄悄告诉黄海：可能是关于报道的事，刚才部长已经把郑加强副部长批评了一顿，声音很大，整个楼层的人都听到了。

黄海心里咯噔了一下，心想今天挨批是肯定的了。他小心地跟在主任后面走，见主任推开部长办公室的门，才对主任说了声谢谢。

来了？老黄，坐。徐华亲切地招呼黄海在他办公桌对面的椅子上坐。

部长，我犯错误了。黄海没有坐，他紧张地站在徐华对面，等着挨批。

徐华似乎并没有急于批评黄海的意思，他拿起桌上的《扬子江日报》，目光停留在头版上，然后大声念道：

自觉遵守中国法律，这是任何一个外企义不容辞的责任。摸黑白棋子，让员工掏口袋自检，侵犯的是员工的人格权，损害的是企业和谐的劳资关系，伤害的是四百多万广都老百姓的心。长此下去，佳美超市还有人气吗？还会有预期的经济效益吗？孰轻孰重，不辩自明。是佳美超市当机立断的时候了！

写得好，写得好啊！徐华把手中的报纸晃了晃，高兴地赞扬说：省报的记者技高一筹啊，通篇没有就事论事，而是就事论理，以理服人！

值得我们学习。黄海缓缓地坐了下来，态度极其诚恳：还没来得及细看，回去一定好好拜读。

老黄啊。徐华放下报纸，仍然满面笑容：看了省城的报纸，广都的老百姓会怎么想？他们一定会认为广都的报纸不曝佳美的光是有意而为之，甚至会认为这是市委市政府的意图。其实呢，都是你老黄的主意。你怎么向老百姓解释？

徐华的话，虽不是直截了当的批评，但已经让黄海无地自容。他低下头，面红耳赤。他知道，这个时候任何解释都是多余的。

问题究竟出在哪儿呢？是省城的媒体欺骗了孔小泉？是自己过于谨慎以致贻误战机？黄海一直在痛苦地思索着。

跟我说实话。徐华缓和了一下口气：当时你是怎么考虑的？

黄海嘘出一口憋得太久的气，慢慢抬起头，一副痛心疾首的样子：对佳美超市侵犯员工人格权这件事，从一开始我的态度就很鲜明，我们的《新闻内参》也送你看了，一直想找个由头好好报一下。没想到，佳美的女员工率先觉悟了，而我们，不，是我，反倒犯了迷糊。昨晚上，我们专门了解了省城的报纸，开始都说不打算报了，怕影响广都安定团结大局和招商引资大环境，没想到后来他们又变了。唉，都怪我，当断不断，反被其乱。我要向部里作检查。

听郑加强说，昨晚上你征求了他的意见？不等黄海回答，徐华又严肃地反问了一句：他能代替你办报吗？我早就说过，社长有一票否决权，什么稿子能登，什么稿子不能登，总得有个人最后拍板，不能东张西望，犹犹豫豫。这种新闻敏感和决断能力，反映了一个成熟报人的政治定力和政治敏锐性。

部长批评得对！黄海活动了一下瘦削的双肩，红着眼睛说：本想给你打电话的，一看时间太晚了，怕影响你休息，就没有打搅你。唉。

我昨天一天在高宝县调研，夜里很晚才到家。徐华看着黄海，充满自信地说：你要真给我打电话，我会毫不犹豫地支持你们把稿子发出来。你信不信？

我信，我信。黄海真诚地检讨着：在曝光佳美这件事上，我考虑领导的因素多了，考虑老百姓的感受少了，这是问题的症结所在。

徐华起身给黄海泡了一杯茶，然后拍拍黄海的肩膀：论办报，你比我有经验。我觉得，报纸就像一个人，要有原则，有个性，不能患得患失，包括你刚才说的锐气。没有这些，报纸就不好看了。

多好的机会啊！黄海悔恨不已，苦着脸说：佳美这篇稿子我们完全可以比省城媒体报得好，可现在，唉！

徐华给自己茶杯中添了些水，然后坐下来，谦逊地问黄海：你不会觉得我在跟你探讨新闻业务吧？

不，不是。黄海摆摆手，一副哭笑不得的样子：部长点到穴位上了。

　　我想起了上半年跟随中宣部领导去欧洲访问的一件事。徐华端坐在椅子上，两只手有节奏地从前往后梳理着稀疏的头发，表情很轻松：那一天，西方一家有名的电视台记者采访我，开口就问，你们的媒体有没有独立性？媒体的领导人有没有权决定稿件登不登？我明白他的意思，他是在影射我们没有新闻自由。我马上回答说，媒体的独立性从诞生的那一天起就有了，是与生俱来的。至于具体到每一篇稿件，媒体的负责人完全有权决定登不登，哪天登，登在哪一版，登多大的篇幅。又问我，普通人有没有发表文章的自由？我说，只要不违法，任何人都有发表自己观点的权力。最后，那个记者又问我，你怎么管理你领导的媒体？我回答他，我只管大事，只管方向，只管媒体的负责人，不会事无巨细样样去管。那个记者听了我的话，翘起大拇指说，OK,OK。

　　黄海既听出了徐华的弦外之言，更佩服徐华的领导水平。从进门到现在，徐华一句直接批评的话也没有，但每句话又都深深地印在黄海的脑子里。

　　黄海不停地挪动着身了，脸上始终挂着歉意。他清醒地意识到这次报道缺位的严重性，也深知不是说几句检讨的话就能弥补的。他心里一直在盘算下一步的打算，毕竟亡羊补牢，犹未为晚。

　　见徐华看着自己笑，黄海倏地站起来，像立军令状似的:部长，我全明白了。接下来，我们要来一个绝地反击。从明天起，日报晚报以连续报道的形式全面展开报道，争取后来居上！

好！徐华欣喜地说：你来之前，郝书记从北京打电话来，说在网上看到相关报道了，书记明确告诉我，广都的老百姓是有尊严的！

徐华望着黄海笑了笑：这是不是尚方宝剑啊？

说得好！广都的老百姓是有尊严的！黄海脸上有了笑容，说话也流畅了：书记旗帜鲜明，一针见血。我想，明天要发一篇评论员文章，标题就用书记这句话！

你定！徐华望着黄海，目光中充满信任和期待：佳美超市一天不停止侵权行为，你们的报道就一天不停止！有什么问题我扛着，具体事实你一定要把好关，不能有丝毫差错。

黄海高兴地挥了挥手：部长放心，看我们的行动！

徐华走到黄海身边，要送他。

黄海的脸色好看多了。他动情地握住徐华伸过来的手，使劲摇了摇：我代表佳美的员工，谢谢部长！

徐华故作惊讶地笑了：我代表谁啊？

呵呵，又犯错误了。黄海尴尬地笑了。

徐华笑着拍了拍黄海的后背：此错非彼错也。

在愉快的笑声中，两人的手紧紧握在一起。

3

胡蝶一到办公室就匆匆浏览了省城的报纸和《广都日报》《广

都晚报》，然后高高兴兴地给钱大都打电话。

钱老板，报纸看了吗？胡蝶掩饰不住内心的喜悦，说话声音脆脆的：我的工作做在前面了，见效了吧？

谢谢谢谢！钱大都表现出少有的客气。

我办事，你放心！胡蝶显得很自信。

我知道胡大主任和胡大局长的能量，一百个放心。钱大都恭维起胡蝶父女来了，他知道，这个时候，多一份支持就多一份胜算。

省城的媒体是隔山打炮，你不必紧张。胡蝶一个劲地宽慰钱大都。

是的是的。钱大都热情地附和着：只要广都的媒体向着我们，省城的媒体也不能拿我们怎么样。

我会继续做工作的。胡蝶话锋一转，甜甜地叫了一声：钱哥，广告合同该给我签了吧？

你放心。钱大都的语气很肯定：我问过总部了，就这两天，很快就会有消息。一批下来，我立马请你过来签。好吗？

胡蝶说了一连串的好，挂电话的时候，又嗲嗲地叫了声钱哥，又说，咱们来日方长！

钱大都殷情地回敬说：你是我小妹，我不会亏待你的。

两人怀着美好的憧憬依依不舍地挂了电话。

黄海一回到报社，就让吴天学通知编委会成员十一点到党委会议室开会。报社编委会的全称是：广都日报社编辑工作委员会，是党委领导下的专门研究重要业务工作的非常设部门，一般每年年初固定要召开一次全体会议，总结上一年度的工作，研究部署当年的主要办报安排，平时没有特殊情况不会开会。编委会主任是黄海，副主任是李晓群和安静，委员有孔小泉、高俊峰、吴天学、周子富等人。

黄海是踩着点走到隔壁党委会议室的。参会的人早到齐了，但没人说话，有人在看报纸，有人低着头玩手机。见黄海来了，大家连忙正襟危坐，有人翻开采访本准备记录。

见气氛有些紧张，黄海干咳了两声，笑着对周子富说：子富啊，最近瘦了嘛。

周子富的脸刷地一下红了，很不自在地挪了挪屁股。大家明白黄海的意思，想笑，但都使劲忍住了。

好，言归正传。黄海高兴地说：先说个好消息，振奋一下。

大家的脸一齐转向黄海，黄海像故意卖关子似的，目光在每个人的脸上扫了一遍，然后才娓娓道来：早上一上班，徐华部长把我找去，就佳美侵犯员工人格权的报道工作作了指示，并且告诉我，今天早上，郝义伟书记从北京给他打了电话，明确指示，广都的老百姓是有尊严的！

停顿了一下，黄海提高嗓音说：广都的老百姓是有尊严的！什么含义？大家想想，书记这是在给我们点题啊！

大家开始交头接耳，气氛顿时活跃起来。所有人都听明白了，徐华部长包括郝义伟书记并没有直接批评报社，更没有追究什么领导责任。否则，黄海没有这个好心情。

在大家一阵议论之后，黄海切入正题：今天召开编委会，议题只有一个，就是如何落实市委主要领导的指示，全力以赴做好佳美超市侵犯员工人格权的后续报道工作。要做到徐华部长要求的那样，佳美一天不表态，我们的报道就一天不停止。也就是说，不获全胜，决不收兵。下面请大家发表意见。

我说两句。李晓群尊敬地朝黄海笑笑，率先发了言：省城媒体抢了独家新闻，我们确实有些被动，但只要我们后续报道做得好，就可以把坏事变成好事。最重要的，是要做足文章，后发制人。我建议：第一，要以连续报道的形式，跟踪采访，天天发稿，直至全胜。第二，要不惜版面，重拳出击。我觉得，日报起码半个版，晚报起码一个版，这样才有气势，才算得上重磅炮弹。第三，形式要多样化。可以有现场见闻，可以有新闻链接，还应该配发评论。总之，十八般武艺，各显神通。如果能达到洛阳纸贵的效果，那就更好了。

李晓群最后笑笑说：先抛个砖，引块玉。

我汇报个情况。孔小泉的思想包袱很重，说话声音很低沉：今天一早，我就联系了《扬子江日报》的夜班总编，他说，佳美的稿子开始大家都吃不准，后来还是请示了省委宣传部领导，一直到凌晨两点才定下来，那个时候，我们的报纸已经付印了，所以就没有再联系我们。这样看起来，也不能怪省城同行。当然，还是我没有尽到最后的责任。

不谈这个了。黄海伸手打断了孔小泉的话：要说责任，主要在我，我已经向徐部长作了检讨。现在的关键，我们要把眼前的这一仗打好，不能再有什么差错。

我有个建议。安静拢了拢齐耳短发，谦逊地说：李总刚才的三点建议已经很全面了，也很到位，我建议在采访对象上，不要仅仅局限在佳美超市，可以扩大一下范围，比如市总工会，市妇联，市劳动和社会保障局，请他们从职能部门的角度发表看法，也可以摘编网民的留言。总之，要多点发力，形成强大的舆论氛围。

高俊峰有些担心地说：如果佳美超市今天知错就改，我们这戏就没法唱下去了。

这不怕。黄海朝孔小泉笑笑：你不是有线人吗？

孔小泉机械地点了点头。

佳美不可能今天就改邪归正的。李晓群的话说得很肯定：要改，钱大都早改了。据我所知，佳美在其他省份的分店也有类似情况。开始的时候，也有媒体作了报道，但最后都不了了之。这一次，我们一定要敢于摸摸老虎屁股，扫扫他的威风！

吴天学、周子富也作了补充发言。

最后，黄海作了总结：我看大家的意见都很一致，都有决心打好这一仗，这个会就算是战前动员吧。希望大家齐心协力，步调一致，周密谋划，务求必胜！具体如何采访，如何见报，我同意李总和安总的建议，请日报、晚报再具体细化一下，形成一个报道计划。总的要达到三个有：有气势、有深度、有震撼力。采访几个市职能部门的事由吴天学主任统一联系，统一安排，两报一起采访，减少人家的麻烦。另外，两报的评论员文章我来写，题目就是郝书记的那句话：广都的老百姓是有尊严的！

这时，黄海有了排兵布阵的快感，眼光里充满了必胜的信念。他笑着扫视了一下会场，礼节性地问大家：是不是就这样？

几个人异口同声地说好。

大家去忙吧。黄海一句话，算是宣布会议结束。

黄海回到办公室就打开了电脑，他急于了解网上的舆情。点开广都政务网的"寄语书记市长"栏目，有几十条留言与广都媒体没有报道佳美超市侵权的事有关，其中大多数留言的口气还算平和，但有几条让黄海看得如坐针毡。

你们不是党和人民的喉舌吗？你们尽了什么责任？集体失声，连个屁也不敢放，算什么喉舌？

你们怕了？怕得罪外国资本家？怕丢乌纱帽？你们的帽子比几百号佳美员工的尊严还重要吗？

办报不为民做主，不如回家卖红薯。你们是一帮蹲着茅坑不拉屎的家伙，不想干了就滚蛋！

广都的媒体真该向省里的媒体好好学学，看人家是怎么干的！

……

黄海的脸在发烧，心里始终感到很憋屈。从早上到现在，他一直懊悔不已，如果昨天晚上不受任何干扰，也不论省城媒体如何处理佳美的稿件，毅然决然地站在佳美员工的立场上，旗帜鲜

140

明地把早已打磨成熟的稿子推出去，那现在的结局就完全不一样了。唉！黄海的肠子都悔青了。

黄海又把几十条留言从头至尾看了一遍。那几条让他很不舒服的留言本想跳过去，但他还是缓缓地移动着鼠标，一字不漏地看了下去。他的心里，不像看第一遍时那样波涛汹涌了，他慢慢理性地思考着每一条留言的内在含义。

黄海心事重重地打开采访本，看着老首长的临别赠言。他蹙着眉在想，"戒急用忍、事缓则圆"，这八个字也不是到处可以套用的金科玉律，凡事还得实事求是，具体问题具体分析，一切从实际出发。唉，一着不慎，满盘皆输。古训难违啊！

黄海的心彻底平和了。网上的留言无疑是一副清醒剂，既让他警醒，也让他坚定。联想到郝义伟书记、徐华部长的话，他更加觉得眼前这一仗是生死攸关的，必须打赢，必须大获全胜。否则，无颜面对江东父老。

黄海啪的一声合上采访本，他在心里给自己下了一条死命令：这一仗如果打不赢，自己夹着铺盖走人！

4

中午饭后，周子富回到办公室。平时这时候都要在沙发上眯一会，可这会他一点睡意也没有，心里始终在纠结一件事：要不要把上午编委会的情况告诉胡蝶？他几次拿起手机，但又放下了。

他是怕胡蝶知道内情后会找黄海麻烦，因为那一百万广告是她的心头肉，谁动了都会跟谁急。

周子富转念一想，我是分管晚报广告的副总编，明天日报晚报就要向佳美发起强攻了，如果今天能把广告合同签下来，岂不更好？周子富权衡再三，还是拨出了胡蝶的手机号。

领导，没休息啊？周子富还未开口，胡蝶先说话了。

嗯。周子富开门见山：佳美的广告合同今天能签下来吗？

上午刚问过钱大都，今天签不下来，要等两天。胡蝶突然觉得蹊跷：你问这个干什么？

周子富吞吞吐吐地说：今天签不下来，明天怕就……

怎么回事？能不能说清楚点！胡蝶急了，声音火爆爆的。

你没听说吗？周子富的声音压得很低，像说悄悄话：明天咱们的报纸要大篇幅曝佳美的光。午饭前黄社长刚召开编委会做了布置，动作还不小呢。

我到你办公室来吧。胡蝶说着就要挂电话。

别，别！你不能来！周子富连忙制止，口气很神秘：这个时候你不要来，不能让别人看到我们是合计好的给领导出难题。

那你说怎么办吧？胡蝶见周子富不作声，一下子来了火：都火烧眉毛了，还慢悠悠的。你到底帮不帮我？

我说不帮了吗？周子富显得很有大将风度，说话细声慢语的：越是这个时候越要冷静，越急越容易坏事。懂吗？

少废话，快说！胡蝶愤愤地催着。

我看这样。周子富开始给胡蝶出点子：你先去找找李总，请他出出主意，毕竟一百万广告是个大单，一把手总编帮着拿拿主意也是应该的。提醒你一句，说话态度要诚恳，要抓住李总舍不得丢掉一百万广告的心理，动之以情，晓之以理，只要他答应想办法，也许还有转机。周子富最后提醒：去的时候，最好带个小礼物什么的，也是表示你的诚意嘛。

明白了。胡蝶将信将疑地应着，似乎有了一些底气。

快去吧。周子富放下手机，紧绷的神经暂时松了下来。

胡蝶拎着 LV 红包从三楼乘电梯来到六楼李晓群办公室。门是关着的，胡蝶犹豫了一下，还是下决心敲门。

咚咚咚，咚咚咚。胡蝶由轻到重，一遍遍地敲着。

一会，门开了，李晓群一边打着呵欠，一边问：胡主任，有事吗？

李总昨晚值夜班了？不好意思，搅了领导的好觉了。胡蝶一边往里走，一边打着招呼。

李晓群走到办公桌前坐下，示意胡蝶在他对面坐下说。

李总，平时也不打搅你，知道你忙。但周总经常对我说，李总对广告部是非常关心的。胡蝶在兜圈子，李晓群看着她，揣摩她要说什么。

今年的广告指标到现在只完成百分之六十，还有好大的缺口。胡蝶很为难地说：照这样下去，完成全年指标怕是很难了。

有什么事你就直说吧。李晓群有些不耐烦了。

胡蝶从 LV 红包里拿出钱大都送给她的那张银行卡，顺手往办公桌边上的一本书里塞。

李晓群马上伸手制止：这样不好。说着，把银行卡拿出来放到胡蝶面前。

一点小心意，本想给你买件衣服的，又怕你不合适，还是你自己买吧。胡蝶一边说，一边再次把银行卡塞进书里，最后撒娇地说：李总看不起小胡啊？

不存在。李晓群呵呵一笑。

本来早该向李总汇报的。胡蝶转入正题，语气很恳切：佳美超市的一百万广告合同早就应该签下来的，可不知为什么，佳美那边就是拖着。李总你是晚报当家的，你知道的，这一百万不是个小数字，对我们完成全年广告指标可是举足轻重啊！所以，无论如何要把它签下来。我也是对报社负责，要不然，我才不会操那么多心呢！

合同到哪一步了？李晓群关心地问。

今天早上我问过钱大都，他说快了。胡蝶左手紧紧地抓住右手，尽力控制着自己的情绪：他说就今明两天可以签下来。我想，在这个节骨眼上，如果我们的报纸曝佳美的光，这个大单子怕是要吹了。

你听谁说要曝佳美的光了？李晓群盯着胡蝶。

我，我是听记者说的。胡蝶眼珠一转，马上就有词了：记者都忙着往佳美跑呢，大家都知道。

既然你知道了，我就不瞒你了。李晓群严肃地告诉胡蝶：从明天起，日报晚报同时报道佳美侵犯员工人格权的事，他们一天不停止摸黑白棋子的把戏，我们的报道就一天不会停！

李晓群说得斩钉截铁，没有任何回旋余地。

胡蝶愣了半天，满脸失望。她看着李晓群，一时不知说什么好。

这打的是民心仗，懂吗？李晓群站起来，有谈话到此为止的意思。

胡蝶知道多说无益，但又不甘心。她心事重重地站起来，红着脸作了最后的努力：李总帮我们想想办法嘛。

佳美投不投广告由他们定。李晓群胸有成竹地说：佳美要在广都生存发展，也需要借助我们的媒体，说白了，也有有求于我们的地方。所以，我相信他们早晚要在报纸上投广告。不信你走着瞧。

胡蝶满脸尴尬地点了点头。

出了门，胡蝶拐到楼梯口，悄悄地给周子富打电话。

子富。胡蝶亲切地叫着：我从李总办公室出来了。看样子，李总也没有什么好办法。怎么办呢？

你带礼物了？周子富问。

带了。胡蝶苦着脸说：李总好像不吃这一套。真是倒霉！

你就这样认了？周子富话中有话地鼓动着：这好像不是你的风格。

我能怎么样呢？急死人了！胡蝶埋怨说：别卖关子了，还有

145

什么好办法赶紧告诉我。

我问你，报社谁当家？周子富仍然在拐弯抹角。

当然是黄社长了。胡蝶脱口而出。

这就对了。周子富启发胡蝶：解铃还须系铃人，找到一把手，也许还有一线希望。再说，你爸爸请他吃过饭，打过招呼，他总不会赶你出门吧。我相信，他一定会给你个答复。我只是建议，你看着办。

好，豁出去了！胡蝶心领神会，挂了电话，噔噔噔地从楼梯上直奔十楼黄海办公室。

黄海中午没有休息，正在写那篇评论员文章。门是开着的，胡蝶像一阵风似的突然冲进了黄海的办公室。

胡蝶喘着气，一肚子的火气一齐冲向黄海：黄社长，曝光佳美的文章是不是明天见报？我们好不容易谈下来的，一百万大单，你就一点不心疼？没有广告，报社喝西北风啊?！

黄海正在搜肠刮肚地写文章，最怕人搅乱了思路，见胡蝶一副兴师问罪的样子，一股无名火直冲脑门：广告、广告，就知道广告！这只是个广告的问题吗？你为什么不替佳美的员工想想？

我就知道广告，不懂那些大道理！胡蝶红了眼，一副欲哭无泪的样子。

黄海轻蔑地看了胡蝶一眼，他知道，对胡蝶发火是没有用的，站的角度不同，对这件事的看法就会完全不同。她虽有一定的广告经营能力，但太没有政治头脑了，太看重金钱了，特别是不懂

146

得媒体的广告经营是有特殊性的，这种特殊性是由报纸的性质决定的。

黄海又后悔起来，当初要是不答应胡力维把胡蝶调到报社来就好了，那时一心只想着报社的广告，说重一点，也是钱迷心窍。唉，时光不可倒流，事到如今，只能因事利导。他想再做做胡蝶的工作。

黄海伸手示意胡蝶在办公桌对面的沙发上坐下说，胡蝶噘着嘴，执拗地说：我不坐，你给我答复！

省城报纸批评佳美的报道你看了吗？黄海友善地看着胡蝶，语气很平和。

看了，标点符号都看了！胡蝶有点玩世不恭的味道。

那好，你觉得批评得对呢还是不对呢？黄海的语调很温和，他是在努力克制自己。

胡蝶一时语塞，不知如何回答。

见胡蝶不吭声，黄海趁热打铁做起了工作：批评佳美这是民意，不是我们故意找他们麻烦。你设身处地想一想，如果佳美的员工中有你的父母，有你的兄弟姐妹，你站在哪一边？

黄海的眼睛始终盯着胡蝶的脸，目光中流露的是正义，是公理。

胡蝶不敢与黄海对视。她心里明白，黄海讲的句句在理，可那一百万广告，不能就这样不明不白地没了。

胡蝶低着头，嘴里嘟囔着：大道理我讲不过你，但那一百万广告眼睁睁地就要泡汤了，你说这钱到哪儿去挣！再说，报社五年前就有规定，对广告大客户要保护，白纸黑字，领导说话不能不算数！说着，从 LV 红包里拿出一张纸，怒气冲冲地往黄海办公桌上一拍，啪的一声，黄海吓了一跳。

黄海面带愠色，强忍着火气，低头看了看胡蝶拍在面前的那张纸。这是一份《广告大客户名单》，有二十几家单位，主要是房地产企业。黄海在右上角有一段批语：

今后，凡涉及名单上所列企业或年投放广告在五十万元以上单位的批评报道，一律经社长审批后方可见报，望遵照执行。黄海 2003 年元旦。

看着这份大客户名单，黄海的心里像打翻了五味瓶，什么滋味都有。"大客户保护"，这是报纸的痛，是整个新闻单位的痛，是一个难以愈合的伤口。如今，只要是以广告为主要收入来源的媒体，哪家没有一份秘而不宣的"大客户保护"名单？这份名单，只掌握在社长、总编和广告部主任的手里，一般记者编辑既看不到也很少知情。其实，这也不是什么秘密。面对日益激烈的市场竞争，你不保护大客户，别的媒体保护，这样你就可能失去大客户，失去真金白银。所以，媒体对大客户的要求大都是有求必应，有时还得忍气吞声。久而久之，大客户的架子大了，脾气也日益见长了，动不动以不做广告要挟媒体，以达到不可告人的目的。

黄海到报社工作不久，一家房地产公司遭到一位购房者的投诉，这户人家花几十万装修的新房，被楼上墙缝渗漏下来的水泡得面目全非。记者接到报料后，花三天时间作了详细的采访，形成了一篇有分量的批评监督报道。可稿子还没到总编手里，开发商老总就坐到了总编办公室，总编是左右为难，稿子不登吧，对不起老百姓，良心上也过不去；登吧，这家房地产公司每年在《广都日报》投放的广告有八十多万，这可是一笔不小的收入啊！权衡来权衡去，最后达成妥协意见：见报时，隐去这家房地产公司的名字，只称：广都某房地产企业。

黄海后来在一次内部会议上感慨地说：我们得走出一条新路，再不能被广告商绑架了！收人钱财，替人消灾。广告商以不做广告为要挟，不就是想绑架媒体，让媒体成为他们的保护伞吗？他们的广告费实际成了"封口费"。

想到这些，黄海打了个寒颤。他郑重地拿起那份《广告大客户名单》，手在微微发抖。媒体不是我们个人的，也不是报社的，是党和人民的。徐华部长说得对，媒体好比一个人，要有血性，有品质，有良知！否则，就会因小失大，就会与不法商家同流合污，最终会站到党和人民的对立面。这实在太危险了！

见胡蝶瞪着眼睛等待回话，黄海迅速理清思路，平缓地说：你们广告难做，我都理解，我何尝不想把一百万的合同签下来？但这次佳美做得太出格了，已经引起了很大的民愤，对佳美的批评报道明天必须见报。否则，我们对不起广都老百姓，也对不起自己的良心！

说来说去你还是要曝光？胡蝶既不理智，也没了耐心，凶狠狠地瞪着黄海：要真的曝佳美的光，我就坐在你办公室不走了！

我还要去市总工会采访，与他们约好的。黄海拿起手机就要往外走。

胡蝶急忙走到门口，两手臂一抬，挡住黄海不让出门。

黄海停住脚步，大声命令着：你出去，这是我办公室，不许你胡闹！

我胡闹了吗？我这叫胡闹?！胡蝶仍然撑着两只手臂，眼眶里蓄满了泪水：你不答应，我就不走！

黄海气得脸色铁青，手一挥：你给我滚！

听到黄海办公室声音越来越大，吴天学和党办几个工作人员从隔壁赶过来，连拉带推地把胡蝶"请"到旁边的党委会议室。一会，会议室里传出胡蝶伤心的哭声。

成何体统！黄海回到办公桌前坐下来，心情难以平静。他心烦意乱地翻开采访本，盯着扉页上"戒急用忍、事缓则圆"八个字，痛苦地摇了摇头。

黄海仰头靠在椅背上，闭上眼睛，双手缓慢地揉着太阳穴。他想忘掉眼前的一切，睡个三天三夜……

5

在去市总工会的路上，黄海接到了孔小泉的电话。

孔小泉怒气冲冲地说：社长，佳美太不像话了！

黄海着急地问：什么情况？

孔小泉汇报说：市民文明观察团的黄团长看到省城的报纸后，下午带了五六个观察团团员来到佳美，非常友善地提醒钱大都要尊重民意，取消"摸棋自检"的做法。没想到，好心没好报！钱大都的态度非常蛮横，说摸棋、掏口袋自检是总部的规定，不能更改，如果员工不理解，可以选择离开这里！更可恨的是，当黄团长准备去员工下班通道实地调查的时候，钱大都竟然让手下的人报了警，说有不明真相的人在搅乱营业秩序！

太嚣张了！黄海愤愤地说：警方绝对不会站在佳美一边！

是啊！孔小泉告诉黄海：社区民警来了以后，把情况一了解，当即对钱大都表示，市民文明观察团的行为没有什么不妥，指出店方报警是完全错误的！

警方的态度很鲜明嘛！黄海高兴地说：代我向黄团长问个好，感谢他们的大力支持！

马上转达！孔小泉说：黄团长他们开展市民文明观察活动三年来，第一次被人报警，真是不可思议！

黄海提醒说：你把今天的情况理一理，看缺什么抓紧补充采访。

孔小泉有些灰心地说：钱大都不接受采访，霸道得很！

不要紧！黄海鼓励说：还是那句话，不接受采访就是新闻！你实事求是写，读者自有判断！

好，我再采访一下黄团长他们，还有佳美的员工，尽可能把材料搞厚实，争取晚饭前把稿子交给你审。

好，就这么办！黄海放下手机，嘴唇紧抿着。市民文明观察团的行动，让黄海深切地感到，报社并非孤军作战，并非只有佳美的员工在期待报社，实际上全市人民都在期待报社，无数双眼睛在注视着报社！必须义无反顾地往前走，直至全胜！

研究完第二天的见报稿，已是夜里十一点多了。黄海让孔小泉留下，悄悄问他：线人有消息了？

孔小泉朝门口望望，压低声音说：正准备向你汇报，会前那人给我回了信息，说一切正常，没有改变。

这么说，佳美并没有停止摸棋子掏口袋的把戏？黄海还是有些不放心，又提醒说：无论如何要敲实！

肯定没有！孔小泉拍着胸脯表态：这个人很可靠，消息不会假。社长尽管放心！

好！那就一切按计划进行吧。

明白！孔小泉高兴地匆匆离去。

6

交出评论员文章《广都老百姓是有尊严的！》已是深夜十二点多，黄海一点睡意也没有。他写得很顺，也很兴奋，一股成就感油然而生。

黄海打电话给编辑部主任高俊峰，说评论已经传到稿库了，请他再推敲推敲，把把关。

高俊峰高兴地说：拜读两遍了，一气呵成，无懈可击！我看佳美明天就要缴械投降了！

何以见得？黄海反问。

社长，你想啊！高俊峰兴奋地分析说：有省城报纸的铺垫，市总工会，市妇联，市劳动和社会保障局都是重要职能部门，现在都发声了，旗帜鲜明地站在员工一边，佳美明显理亏嘛！再说，佳美这样执迷不悟，以后在广都怎么发展？失去民心就失去了市场，佳美的日子没法过！

你分析得对！黄海也觉得佳美该低头了，但知错不改的可能性也是存在的。他突然反问高俊峰：如果佳美仍不改错怎么办？

高俊峰不假思索地回答说：继续与他斗下去！

怎么个斗法？黄海追问。

高俊峰语塞了，一会才说：我还没想好。

我给你说说。黄海如数家珍，语气坚定：如果明天佳美还不认错，我们仍有几步好棋可走：第一，去上海采访佳美总部，引发全国媒体关注；第二，采访省总工会、省妇联、省劳动和社会保障厅等相关部门，发挥上级职能部门的监督作用；第三，采访省市法律专家，召开各界人士座谈会，形成强大的舆论压力；第四，支持佳美员工拿起法律武器，走诉讼的路子，维护自身权益。

够了，足够了！高俊峰在电话中笑着说：都说走一步，看一步，没想到社长为佳美准备了这么多炮弹，他们想不投降都办不到！

你帮我想想，看这样几步棋妥不妥？黄海像大战前夕的指挥员，十分深沉地说：越是这个时候越要冷静。明天我们几个要好好商量商量，做好继续战斗的准备！

　　放下电话，黄海开始审看日报头版二版的大样，一直到凌晨一点多才休息。

　　黄海躺下后，神志比白天还清醒。他知道今夜必定无眠了，干脆披上衣服，打开台灯，从床头柜上拿起那只小收音机听了一会音乐。后来还是吃了两颗安定，一直折腾到凌晨三点多才迷迷糊糊地躺下睡了。

第七章

1

　　黄海撰写的千字评论：《广都老百姓是有尊严的！》在日报头版二条的位置刊出，署名是：本报评论员。其他日报晚报批评佳美的文章都刊登在日报晚报的二版上，日报半个版，晚报一个版。日报的大标题是：市相关部门力劝佳美取消"摸棋自检"，副题是：市总工会："摸棋自检"不利于建立和谐劳资关系；市妇联：企业女职工权益不容践踏；市劳动和社会保障局：理直气壮维护职工合法权益。另有一篇采访新时代律师事务所杨主任的访谈录，题目是：人格权不容侵犯。细心的读者不难发现：广都报纸的火力一点不比省城媒体弱。

　　黄海一觉醒来已是早上七点多。他想马上看到当天的报纸，连忙起床到楼下传达室去取。刚到一楼大厅，猴子拿着报纸迎上来：社长，你的报纸。

黄海接过报纸放在鼻子底下嗅了嗅，说了声谢谢。他一边往回走，一边抖开《广都日报》浏览着。

黄海突然转过身来，大声喊道：猴子，你来。

猴子急急忙忙从传达室奔出来，眨着小眼睛问黄海：喊我？

武卫东这两天在干什么？黄海认真地问。

昨天我们通过一次电话，他说在外面钓鱼。猴子想了想，又说；好像在城南的半月湖钓，他说那里鱼多。

钓钓鱼也好。黄海若有所思地看着猴子，一会才说：交给你一个任务，你去找武卫东，把今天的报纸带给他，告诉他，日报晚报都有批评佳美的文章，让他高兴高兴。另外，让他做好提前回来上班的准备。

真的？猴子高兴地咧开了嘴：太好了！我马上联系他。

好。黄海边走边看报纸，进了电梯。

批评佳美的稿子见报后，读者纷纷打来电话，称赞报纸"站在党和人民的立场上说话"，认为"正义必将战胜邪恶"，表示全力支持报纸的舆论监督。

黄海的办公桌上，摊着《广都日报》和《广都晚报》。他把那篇评论员文章和批评佳美的文章又仔仔细细地看了一遍，生怕有什么不妥。刚刚，李晓群和安静分别打电话告诉他，社会反响强烈，好评如潮。但黄海一点也高兴不起来，已经是上午十点了，市委宣传部以及市委市政府那边一点消息也没有，这让他有些坐立不安。他迫切地想知道领导层对今天的报道怎么看？火力够不够猛？分寸把握得准不准？能不能达到预期效果？

黄海突然觉得一阵胃痛。他捂住肚子，心烦意乱地在办公室走来走去。

沉默，可怕的沉默。黄海几次握住座机话筒想给徐华打电话，但都放弃了。他呆坐在椅子上，心里一再告诫自己：一定要沉住气，要有耐心等。

嘀铃铃，嘀铃铃，手机突然响了。黄海心头微微一惊，一看来电显示，是夫人刘医生打来的。他连忙拿起手机，摁下接听键，语气严肃得像跟陌生人说话：今天的报纸看了？

看了，大家都在看。刘医生开玩笑说：像炸碉堡似的，火力够猛的！

你说好不好吧！黄海急于听到评价。

大家都说好，放心了吧。刘医生在电话中笑了：是不是有一种拉开架势打大仗的感觉？

黄海乐了，嘿嘿笑着说：知我者，夫人也。你别说，还真有这种感觉，只是有点沉不住气了，到现在，领导那边一句话也没有，真让人难熬。

你呀！刘医生又开始唠叨了：看你还是个当社长的，一点大将风度都没有。急什么急，要沉得住气，要有耐心。我爸爸讲过，打仗的时候，双方都到了弹尽粮绝的时候，就看谁能咬紧牙关坚持住，谁坚持到最后，谁就会赢得胜利！这个道理不懂啊？

是的是的，我也是这么想的。黄海一只手拿着手机，一只手

157

比划着：这也好比下棋，必须走一步看三步，要不然就会陷入被动。

就是这个道理。刘医生又分析说：我是旁观者，市领导为什么不表态，无非两种可能：一种是，领导不表态，实际上就是支持，就是默认；还有一种，领导暂时不好表态，他们也在等待。刘医生最后肯定地说：我看第一种可能性很大。

对呀！我怎么就没有想到呢？黄海在电话中高兴地叫了起来：旁观者清啊！别看你平时唠唠叨叨的，关键时刻分析得句句在理。你的判断一定是对的，领导的不表态，就是支持，就是默认！

当局者迷啊！刘医生又提醒说：门诊部的同志都说，佳美是外企，报道内容上不能出差错，不能让对方抓住什么把柄！不然，偷鸡不成蚀把米，不划算！

我会亲自把关的。

放下电话，黄海的心情好多了。他微笑着走到花架子前，小心地拈出一片枯萎的兰花叶子，然后扔到纸篓子里。

2

万金昌是九点整赶到吴一平市长办公室的。见没人，便走到隔壁问秘书，才知道上午有个市委常委会，吴市长正在主持开会。

万金昌拿着当天的《广都日报》，像掉了魂似的在吴一平办公室乱转。一会，他还是按捺不住烦躁的心情，给吴一平发了条短信息，说有重要事情汇报。吴一平很快回复，让他在办公室等，说会议时间不会太长。

万金昌几次走到门口张望，见几个秘书正在对面的房间里谈论佳美的事情，个个义愤填膺的样子，言语中指责佳美不守法律，不得人心，太不人性化了。其中一个秘书甚至说，这样的外企不要也罢。

万金昌越听越生气，一股无名火直冲头顶。他板着脸走到对面房间门口，冷冷地扫了大家一眼，居高临下地说：你们瞎嚷嚷什么？今天的报道是个假新闻！

一位年长的秘书陪着笑脸问：斗胆请教万副市长，白纸黑字，怎么就成了假新闻了呢？

佳美昨天晚上就不让员工摸棋子了，你说是不是假新闻？！万金昌把手中的报纸一挥，以教训人的口吻说：你们当秘书的，要多学习，多动脑子，不能人云亦云，包括报纸上说的，不能一登就信。

几个秘书面面相觑，想笑又不敢笑。

一个年轻点的秘书实在憋不住了，红着脸问：那《人民日报》登的也不能相信吗？

你瞎扯什么？！万金昌明知自己说漏了嘴，但仍很强势地责备说：这不是抬杠吗？！

是的是的。年长的秘书陪着笑脸，打了圆场。

万金昌鼻子里哼了一声，沉着脸转身回了吴一平办公室。

万金昌急得如猫爪抓心，一会看两眼报纸，一会在屋里转圈子，每一秒钟都觉得很漫长。他不停地看腕上的手表，一次次走到门口朝走廊两头张望，仍不见吴一平出现。他的脸色越来越难看，心里开始埋怨吴一平：太喜欢开长会、讲长话了，有什么用？领导者一诺千金，一言九鼎，说多了，言多必失。万金昌在新区就是这样干的。这一刻，他甚至怀疑起吴一平的领导水平。

吴一平终于回来了。一进门就笑着打招呼：金昌啊，让你久等了。

万金昌也不客套，把报纸举到吴一平面前，气呼呼地问：市长，今天的日报晚报你看了？

会前浏览了一下。吴一平见万金昌明显带着情绪，便开导说：前几天，我把报社的《新闻内参》批给你就说了，佳美不应该这么做，无论如何不能侵犯员工人格权，这是个法律问题，也是个和谐劳资关系问题，媒体监督一下也好！

万金昌见吴一平并没有考虑自己的感受，招个商，特别是招大商多么不容易啊！眼前出了这么个小插曲，个个都想抓住做文章，这以后还要不要招商引资？还要不要亲商安商？！想到这里，万金昌的心头凉了半截。

他极力控制着自己的情绪，但话一出口，还是火药味十足：今天的报道是个彻头彻尾的假新闻，不能服人嘛！

怎么成了假新闻了？吴一平站在办公桌前，一脸诧异。

我一早就了解了，佳美昨天晚上就不让员工摸黑白棋子了，也就是说已经改正了。为什么媒体还要揪住不放？！

见吴一平怔怔地不说话，万金昌尽情地发挥着，一吐为快：市委市政府一再强调要营造招商引资的良好环境，我不知道报社是什么用心？是帮倒忙，还是想看笑话？我总觉得，现在的媒体越来越任性了，想怎么登就怎么登，想曝谁的光就曝谁的光，谁给他们的权力？他们有没有这样的权力？我看这事不简单。一大早，佳美的钱总就给我打电话，骂娘的话都说了。也难怪，人家一个外企，又即将开业，报纸这么一折腾，今后的经营怎么搞啊！

怎么会是假新闻呢？吴一平并不全信万金昌的话，他若有所思地说：黄海是个老同志，不至于这么草率吧？

要不你打电话问他。万金昌一副不依不饶的样子：这事得有个说法，起码要公开登报向佳美赔礼道歉。否则，人家也会拿起法律武器。法治社会嘛！

你先别急。吴一平拿起桌上的电话，拨了徐华的号码。

徐部长吗？我是吴一平。吴一平客气地与徐华打招呼。

市长好啊，有什么指示吗？徐华礼貌地应答着。

是这样。吴一平的语气非常平缓：万副市长在我办公室，反映今天的日报晚报对佳美的批评可能有误。

万金昌见吴一平说得这么婉转，没有表达出他的意思，马上插了话：就是假新闻嘛！

吴一平看了万金昌一眼，继续说道：请你马上核实一下，佳美是不是昨晚已经不让员工摸棋子掏口袋检查了？如果是，那今天的稿子就有些不妥了。当然，一切结论都在调查核实之后。好不好？

怎么会这样！徐华显得很吃惊。他在电话中表态说：市长放心，我马上布置核实，如果是假新闻，我会严肃处理的。也请你转告万副市长，宣传部从来不护短！

好的。吴一平又关照说：越快越好。

我这就办！徐华疑虑重重地挂了电话。

3

黄海正在办公室上网。网民对今天日报晚报的稿子一片叫好，与之前的批评来了个一百八十度大转弯。黄海一条一条地看得很仔细，喜悦写在脸上。他在想，初战告捷，接下来要一鼓作气，乘胜前进，一定要让佳美低下高贵的头！

正看得开心的时候，徐华的电话来了。

老黄啊，怎么搞的?！徐华没法不生气，当宣传部长十多年了，一把手市长亲自打电话，对报道的真实性提出质疑这还是第一次：刚才吴市长给我打了电话，说佳美昨天晚上就不让员工摸棋子掏口袋自检了，你们怎么这么粗心？这么重要的信息都不掌握，还搞什么维权！

徐华一席话，如五雷轰顶，让黄海猝不及防。他像瞬间掉进了冰窟窿，浑身发冷，竟一时语塞：怎么会呢？不可能吧？

你尽快把情况搞清楚！徐华的语气很生硬，显得很不满意：

万副市长就在吴市长办公室，我听到他在旁边插话，说你们的报道是假新闻！这事总得有个说法。你尽快核实，我好给吴市长回话。

部长，我先表个态。黄海回过神来，庄重地表示：如果报社的报道是假新闻，我甘愿接受任何处分，直至辞职！

先不说这个。徐华缓和了一下口气：抓紧布置吧。

放心，部长！黄海眼圈红红的，放电话的手颤抖着。他万万没有想到，好好的一场大戏，刚开锣竟杀出个砸场子的。

省城媒体批评佳美的报道见报后，黄海一直在关注佳美的动向。直到昨晚定稿前，他还向孔小泉作了最后的了解，得到的回答是肯定的：佳美并没有停止侵犯员工人格权的行为。

难道孔小泉的线人传递了假信息？或者是那位线人根本就不知道佳美已经知错改错了。唉！

培养线人是孔小泉的独创，一开始黄海并不赞成，认为还是要堂堂正正地采访报道，不能搞得神神秘秘的。但时间一长，孔小泉的几个线人确实表现出色，正常渠道采访不到的新闻，线人却能及时报料，有时还是猛料，而且从来没有出过差错。黄海慢慢尝到了甜头，对日报晚报私下培养线人的做法也就默认了。可现在，唉！黄海心里很苦，但又不知向谁倾诉。

核心是佳美昨晚到底有没有停止侵犯员工人格权的行为。黄海很快镇定下来，他第一个找的是孔小泉。

孔小泉一进门，满以为黄海会表扬一番，一看脸色，阴有雷阵雨。孔小泉收敛了笑容，小心地走到黄海面前：社长，你找我？

黄海正在看报纸，见孔小泉来了，劈头就是一句：佳美昨天晚上已经不让员工摸棋子掏口袋了，你知道吗？

孔小泉愣了一下，争辩说：不可能啊，佳美果真改错了，我那线人会第一时间告诉我的。

如果你那线人根本就不知道这件事呢？黄海心里窝火，嗓门渐渐大了起来：新区的万副市长说我们的报道是假新闻！

孔小泉知道问题严重了，手足无措地站着，一时不知说什么好。

你马上联系那个线人，看到底是怎么回事？另外，你立即赶到佳美去，想尽一切办法，搞清楚他们到底有没有取消让员工摸棋子掏口袋！

黄海显得很烦躁，话说得也很绝对：不搞清楚不要急着回来！

孔小泉很紧张，嗫嚅着说：离中午下班还有一段时间，我这就过去核实。

黄海也不看孔小泉，挥了挥手：快去，越快越好！

孔小泉的脸红一阵白一阵，小心翼翼地退了出去。

4

胡蝶几乎一夜没睡。她反反复复在想，《广都日报》《广都晚报》的稿子见报后，钱大都会作何反应？一百万的广告合同能不能签下来？如果签不下来，不但十万广告提成没了，而且失去了一个重要的广告大客户。果真如此，这次的损失就太大了！稳定投放广告的大客户，就像会下蛋的母鸡，只要你稍加伺候，就会有固定的回报，有时候这种回报还会年年加码。

胡蝶越想越气，这么多年来，还没有哪一回像这次搞得鸡飞蛋打，亏到家了。不行，这事不能就这样认了！

胡蝶一脸憔悴地来到办公室，只扫了一眼日报晚报批评佳美的文章题目，就开始心急火燎地拨钱大都的手机号，可对方一直是忙音。胡蝶沉着脸不停地拨钱大都的手机号码，终于拨通了，但对方就是不接。

胡蝶沮丧地把手机摔在桌上，急得直想哭。

平静了片刻，胡蝶从桌上捡起手机，拎起 LV 红包，匆匆出了门。她要去找钱大都当面问个明白。

胡蝶开着她的红色 POLO 直奔佳美超市。车载收音机里又响起了邓丽君那首《小城故事》，胡蝶觉得心烦，恶狠狠地关掉收音机，一路摁着喇叭超速行驶。

胡蝶在佳美超市楼上楼下跑了几个来回，就是不见钱大都的踪影。她又气又急，苦思冥想了一阵子，终究没有想出一个万全之策。

胡蝶漫无目标地来到一楼购物区，随着人流到处乱转。当转到女鞋专柜时，胡蝶看到一位年轻妇女拿着一双红色女式皮鞋正与售货员交涉，说鞋帮上有一道细细的皱痕，咬定是铁器刮过的，要求调换。售货员坚持说鞋子是前几天卖出的，鞋帮上的皱痕也许是买主不小心刮的，按规定不能调换。后来双方发生争执，声音越来越大，吸引了不少顾客围观。胡蝶一边听着，一边盘算着怎样对付钱大都。

胡蝶从人群中挤了出来。她想好了，用商品有质量问题敲打一下钱大都，看他见不见我？

胡蝶一本正经地来到女鞋专柜前，同样买了一双红色的女式皮鞋。回到家，她拿着鞋，里里外外看，可怎么也挑不出毛病。胡蝶愁眉不展地捧着鞋在屋里转圈子。突然，她的目光停留在茶几上的水果刀上。有了！胡蝶眼睛一亮，操起锋利的水果刀，狠狠地在鞋帮上划出一道细长的裂痕。胡蝶把鞋子举到眼前，端详着自己的"杰作"，满意地笑了。

胡蝶随即赶到单位，让手下的两个女业务员拿着鞋子去佳美交涉，并且面授机宜：如果佳美不调换，就在现场出他们的丑，尽量把事情闹大，引起公愤，然后第二天晚报跟进，开始舆论监督。两个女业务员心领神会，虽不知道鞋上的裂痕是胡蝶用刀划的，但都知道佳美不会在晚报投广告了，这口恶气终究要出。

两个女业务员是胡蝶一手调教出来的，不但口齿伶俐，见什么人说什么话，而且泼妇骂街的套路也不陌生。两人来到佳美一楼女鞋专柜，两句话没说完便与售货员大吵大闹起来，围观的顾客是里三层外三层。正吵得不可开交的时候，钱大都拨开人群来到柜台前，问是怎么回事？胡蝶手下的两个女业务员听说钱总来了，便自报家门，说自己是胡主任派来的，要求尽快给个满意的答复，否则晚报明天要曝光。钱大都拿过胡蝶买的那双鞋，仔细看了那道裂痕，凭他多年的经验，这道裂痕一定是人为的，绝不是产品质量问题。想到没有与胡蝶签那份百万广告合同，又故意不接她的电话，早已得罪了她，现在拿着鞋来说事，不过是个幌子。换一双鞋能有多大损失呢？一旦明天晚报曝了光，佳美就是雪上加霜，那个损失才是不可估量的。想到这里，钱大都笑嘻嘻地说，二位先请回，我们履行一个报批程序，尽快给胡主任调换一双新鞋，办好了，会打电话告诉你们胡主任的。二人在鼻孔里哼了一声，然后手拉手扬长而去。

下午上班后，胡蝶正在办公室琢磨明天曝光佳美的稿子，佳美销售部的一名工作人员送来了一双崭新的红色女式皮鞋，并客气地解释说，是钱总让送过来的，本来要等上海总部审批，但钱总怕胡主任着急，就先从仓库拿了一双新鞋送过来，请胡主任验收。胡蝶拿着鞋，一脸尴尬。她故意里里外外看看，然后皮笑肉不笑地说，谢谢钱总，也谢谢你。来人也不客气，冷冷地说，如果鞋没有问题，我就告辞了。胡蝶连忙说，没问题，没问题。

佳美的人一走，胡蝶心里就犯起了嘀咕：钱大都为什么不来电话？为什么只字不提批评报道的事？他们搞的什么名堂？！但不管怎么说，佳美给换了鞋，算是认了错，也没有什么文章可以做了。至于那份百万广告合同，肯定是签不下来了，这事从根子上说不能全怪钱大都，将心比心，报纸不出人家的丑，他会做得这样绝吗？

胡蝶无助地捧着鞋，脸色渐渐变得难看起来。她的脑海里渐渐清晰地浮现出一个人：黄海。是黄海执意要曝佳美的光，是黄海挡了她的财路。不能就这样不了了之，不能就这样便宜了姓黄的！胡蝶把眼前发生的一切都归罪于黄海。她转了转眼珠，拎起LV红包匆匆出了门。她要找周子富商量对策。

周子富正在办公室看报纸，门是开着的。胡蝶站在门口，轻轻地敲了敲门。周子富抬头一看是胡蝶，忙问：报纸看了？

胡蝶也不答话，哭丧着脸走到周子富面前，开始倒苦水：钱总钱大都连电话都不接了，我们的报道把人家彻底得罪了，那一百万广告肯定没戏！

姓钱的真不是个东西。周子富愤愤地说：刚到广都的时候，他三天两头跑报社，还请我们吃饭。转眼就不认人，不像话！

这能怪人家钱总吗？胡蝶打抱不平地说：日报晚报一起炮轰佳美，人家在广都还怎么混啊！要怪应该怪黄海。

上头有宣传部压着，黄海有什么办法。周子富似乎并不完全同意胡蝶的看法。

昨天和他吵了一架，闹得我一晚上没睡好。胡蝶揉着一对乌鸡眼，咬牙切齿地说：我想了一夜，谁断我的财路，我就断他的前途！

你想怎么样？周子富惊讶地看着胡蝶，急忙走过去掩上了门。

我是把你当贴心的人才和你商量的。胡蝶亲昵地看着周子富，周子富会意地笑了笑。

我昨天夜里写的。胡蝶神秘地从 LV 红包里拿出几张纸递给周子富，周子富接过来，一看标题便惊讶地张大了嘴：你写这个干什么？

胡蝶诡秘地笑笑：让纪委查查他，看他还有没有精力搞佳美！

周子富回到办公桌前坐下，摆出一副很慎重的样子，开始认真地阅读胡蝶写的东西，脸上的表情既喜又忧。看完第一页，周子富抬起头，冲胡蝶笑了笑：给我看这东西，是把我和你绑在一起啊？

天知地知！胡蝶狡黠地说：你就当不知道这件事。再说，别人我信不过。

周子富装模作样地继续看信。他的内心处在极度的矛盾之中。前几年，黄海对周子富很赏识，三年提了他两级，算是破格重用了，这在报社是破天荒的。这一点，周子富一直心存感激。可近一年多来，特别是今年以来，黄海几次在公开场合点名批评周子富的吃喝问题，还经常拿周子富说笑，这让周子富很没面子，他的自尊心受到了从未有过的打击，逐渐萌生了跳槽的念头，可一时又没有合适的去处，只好暂时按捺住烦躁的心，耐心等待着。但随着时间的推移，在周子富心里，对黄海的抱怨和怨恨就像荒地里的野草，一天天毫无节制地疯长起来，这连周子富自己都感到很吃惊。他几次想当众顶撞和羞辱黄海，让他下不了台，但终究忍下了这口气，没有发作。现在，胡蝶准备好了射向黄海的子

169

弹，为何不趁机耍一耍黄海呢？反正是匿名信。再说，有胡蝶冲在前面，我可进可退，也没什么风险。怕什么呢？

周子富低着眉沉吟了片刻，然后指着手中的稿纸说：这样写不行，打动不了纪委的人。

我就是不会写才来找你商量的。胡蝶尴尬地笑笑：你说个提纲，我重新写。

周子富从桌上拿了纸和笔递给胡蝶：我说个路子。

周子富走过去关上门，然后背着手在屋里踱步，嘴里念念有词：第一条，要往政治上靠，主要写黄海不把宣传部放在眼里，我行我素，目无宣传纪律，再就是……

周子富停止脚步，问胡蝶：他好像说过，不能什么事情都请示宣传部，那样我们就无法办报了？他说过没有？

胡蝶马上附和道：说过，说过，这一条要写上！

好！周子富继续踱步：第二条，他把三万元广告款打到几个酒店，吃喝玩乐。这你是知道的，我不详细说了；第三条，写他与安静乱搞男女关系；第四条……

周子富没词了，皱着眉想：写什么呢？

胡蝶停下手中的笔，抬起头，想了想说：日报有两个女记者辞职了，听说这事与黄海有关。

对对！周子富点头称赞：这一条也很重要，说明黄海没有人缘，群众基础不好！停了停又说：还要写上一条，战友观念太重。有一回，他正在主持召开党委扩大会，一听说几个战友远道而来，马上大手一挥，当场宣布：我战友来了，散会！包括对武卫东，明显护着。

太好了！一颗重磅炮弹啊！胡蝶兴高采烈地看着周子富：我马上整理出来送给你看。

周子富连忙摆手：不看了，抓紧弄，下午就送到机关大院门口的举报信箱里，落款就写：广都日报社部分职工。

好！胡蝶得意地说：这一回，黄海是麻雀掉在烟囱里了。

怎么讲？周子富笑眯眯地看着胡蝶。

胡蝶呵呵一笑，抑扬顿挫地念出四个字：有命没毛！

周子富哈哈大笑，色眯眯地看着胡蝶。

胡蝶兴奋得满脸绯红。

5

孔小泉不停地打线人的手机，可对方一直关机。他急得浑身冒火，不知如何是好。这位线人一直是他单独联系的，对方是谁，连黄海都没告诉。这人过去在广都另一家大型超市工作，佳美入住广都后，他是跳槽过来的。说起来为孔小泉提供新闻线索也有四五年了，从来没有出过差错。这一次是怎么啦？出什么意外了？为什么一直关机？孔小泉百思不得其解。他决定马上去佳美探个究竟。

孔小泉赶到佳美超市的时候，离中午下班还有不到半小时。

他低着头，悄悄地上了二楼，正准备进入员工下班通道，突然冲出一名保安将他拦下，说这里不好走，请下楼。

孔小泉朝四周看了看，确认这里是唯一的通道，一夫当关，万夫莫开。他无奈地离开了。

孔小泉烦躁地看着手表，时间在一分一秒地过去。他心急如焚地在超市门口转来转去。急忙中，孔小泉鬼使神差地转到超市背街的一面，他盯住二楼的窗户琢磨：看上去并不高，又有下水管道帮忙，爬上去应该没问题。

孔小泉朝四周看看，没人。他走到宽大的窗户底下，伸手踮脚试了试，还差一大截。孔小泉看到不远处有一堆褪了色的红砖，可能是当初超市搞基建的时候留下来的，心想，搬几块砖垫脚，一蹿就上去了。时间紧迫，不能再耽误了。孔小泉手忙脚乱地搬了十几块红砖靠墙码起来，他站上去踩了踩，虽有些晃，但还不至于倒下。孔小泉心里有底了。他举起双手搭在二楼的窗沿上，然后双脚一蹬，身子猛地向上一蹿，人就上去了。

孔小泉蹲在二楼窗户边上，一只手扶住下水管道，满头大汗地喘着粗气。

天无绝人之路。员工下班通道尽收眼底，孔小泉心中暗暗窃喜。一看手表，十二点整，已经有员工往这边走来，一个监管模样的人，也已站到下班通道出口旁边。

孔小泉正准备看个究竟，突然听到有人大声在喊：抓贼啊！抓贼啊！

孔小泉慌忙朝下看，一高一矮两个穿着保安制服的人直奔过来。不好！孔小泉叫了一声，连忙猫着身子，抱住下水管道，箭一般地滑了下来。双脚还没站稳，两个保安抓住了他，一人扭住一条胳膊，厉声呵斥：什么人?! 干什么的?!

孔小泉扭着身子挣扎着：你们干什么？放开我！

想偷东西？走，到楼上保安部去！小个子保安大声嚷着。

我不是贼，我没有偷东西！孔小泉一路上不停地争辩。

少废话，不是贼爬窗户干嘛啊？大个子保安使劲拧了拧孔小泉的胳膊，威胁说：老实点，别自找苦吃！

到了二楼，进了一间门上有"保安部"字样的办公室，两个保安这才松开孔小泉，关上门，开始盘问。

你是干什么的？偷过几次了？小个子坐在椅子上，翘着二郎腿。

孔小泉一直在活动手臂，表情很痛苦。

大个子拉过一把椅子坐在门口，他是怕孔小泉跑掉。

说话呀！怎么变哑巴了？小个子好像是负责审问的，不耐烦地催促孔小泉。

孔小泉掏出手机，准备向黄海报告这里的情况。才开始拨号，大个子走过来，一把抢过手机，瞪着眼睛说：不许打电话！说着，又把手机关了。

孔小泉愤怒站在两人中间，一言不发。

再不交代我们就报警了，把你送到公安局去。小个子威胁说：

搞不好送你去劳动教养。

吓唬谁呀？孔小泉实在忍不住了，轻蔑地看了看二人，讥讽说：就怕你们没这个本事！

你小子嘴还硬！大个子看着小个子，手一抬：少跟他废话，搜搜他的身，看有没有什么证件。

小个子走过来就想动手。孔小泉大喝一声：住手！小个子的手本能地缩了回去。

孔小泉不慌不忙地拿出记者证，自豪地递给小个子：这就是我的证件！

小个子接过记者证，打开扫了一眼，很惊讶：你是广都报社的记者？说着把记者证递给了大个子。

大个子似乎有些不相信，拿着记者证里里外外翻了几遍，又朝孔小泉上下打量着。

小个子把大个子拉到门外，悄悄地说：记者不好惹。

大个子想了想，警惕地说：说不定是个假货，现在办个假证件太容易了。再说，哪有记者爬窗户的。

对啊！小个子很同意大个子的判断，一副恍然大悟的神态：差点上当！

两人回到办公室。小个子对孔小泉说：你的证件是不是真的，我们需要调查核实。

打个电话问问报社，或者问问宣传部不就知道了吗？孔小泉自己拉了把椅子坐下来，催促说：我还有事，必须马上离开这里。

这不行！大个子蛮横地说：我们抓的就是你这样的冒牌货。

你不要血口喷人！孔小泉义正词严地据理力争：记者的采访报道权是受法律保护的，你们把我关在这里，是要负法律责任的！

我们一没有打你，二没有骂你，负什么法律责任？小个子嬉皮笑脸地说：核实你的身份总得需要时间吧？

真是秀才遇到兵，有理说不清。孔小泉苦笑着摇了摇头。

我去向钱总报告，你看住他。大个子开了门往外面走，小个子马上走到门口，坐到大个子坐过的椅子上，警惕地注视着孔小泉的一举一动。

孔小泉闭起眼睛，呆坐在椅子上。他想到没有完成黄海交给的任务，内心焦急万分，两只手攥得紧紧的，手心里全是汗。

不行，我得走！孔小泉猛地站起来，准备冲出去。

小个子见孔小泉要走，马上站起来挡在门口：你不能走！

凭什么不让我走？孔小泉说着，推开小个子，开了门就要出去。

小个子毫不示弱，一把抱住孔小泉，嘴里一直嚷嚷：你走不了！

孔小泉毕竟高出小个子一头，使劲一甩，小个子差点摔倒。

孔小泉趁机就想夺门而出，没想到小个子拼命抱住孔小泉的一条腿，大声喊了起来：来人啦！快来人啦！

大个子听到喊声，又折了回来，两人一齐动手，很快把孔小泉摁到椅子上。

大个子凶神恶煞地说：再不老实，别怪我们不客气！

孔小泉急得满头大汗，警告说：你们把我关在这里是违法的！

关个小偷也违法？大个子伸出巴掌在孔小泉头上不轻不重地刮了一下。

你敢打我？！孔小泉站起来，愤怒地指着大个子的鼻子说：你要对你的行为负责！

跟你开玩笑的。大个子嘻嘻哈哈地打着岔。他转身对小个子说：我在这里看住他，你去向钱总报告。

好嘞！小个子拉着长音，昂首挺胸地出了门。

孔小泉无奈地望着东边窗外。远处，有一栋高楼，在阳光的照耀下，外立面幕墙玻璃上反射出一个又大又白的光盘，像有个太阳贴在上面似的，白色的光芒刺得孔小泉睁不开眼。他扭头看了看大个子保安，想到黄海联系不上自己，一定急得不得了，怎么办呢？孔小泉两眼红红的，烦躁地在屋里走来走去。

小个子保安来到钱大都办公室，报告了抓住孔小泉的大致经过，并把记者证交给钱大都。

钱大都喜出望外，接过记者证，盯着上面的照片看了又看，自言自语道：这人好像见过？对，采访过我，是报社的。

钱大都指着记者证上姓名一栏：知道孔小泉是谁吗？

小个子翻了翻白眼：不知道。

钱大都翻开桌上的《广都日报》，指着孔小泉的名字说：今天曝我们光的这篇文章就是这个孔小泉写的。

这小子还蛮能的！小个子有些不屑一顾。

钱大都想了想，走到小个子跟前，小声作了交待：把他关到楼下一号库房去，两个小时以后再给报社打电话，让他们来领人。

那个库房很久不用了，一股霉味。小个子吃惊地望着钱大都：里面蚊子太多。

正合适！钱大都不怀好意地笑了笑。

明白了。小个子听懂了钱大都的意思，一副受宠若惊的样子。正准备出门，钱大都又喊住他，叮嘱说：不要动粗，看住就行。

我懂，动粗违法。小个子的神态很得意。

钱大都满意地点了点头。

一号库房像一间暗无天日的牢房，终日没有阳光。进门的时候，孔小泉作了最后的反抗，但好汉难敌四拳，他还是无奈地被两个保安粗鲁地推了进去。大门呼的一声关上了，任凭孔小泉怎样叫喊，他的声音像故意跟他开玩笑似的，只在库房里转着圈子，最后又全部回到孔小泉自己的耳朵里。孔小泉使劲拍打着那扇厚厚的门，他的手就像一只肉饼砸在铁板上，发出的声响竟是那样的软弱无力。孔小泉浑身汗如雨下，他无助地靠在门上，一筹莫展。成群的蚊子围着他嗡嗡叫着，刺鼻的霉味熏得他头脑发胀。他的心头渐渐萌生出一种从未有过的恐惧感。

孔小泉转过身来，背倚在门上。他睁大眼睛，想看看周围的一切，可是眼前一片漆黑，他觉得自己如同掉进无底的深渊，黑暗中像有无数双手在向他打过来，他却不知道对手在什么地方。

孔小泉痛苦地闭上眼睛，缓缓地蹲下身子，双手抱住膝盖蜷缩成一团。

一波接一波的蚊子像轰炸机轮番袭击着孔小泉。他的两只手不停地拍打着，脸上，手臂上，脚面上奇痒难耐。渐渐地，他的皮肤像得了麻痹症似的，任凭蚊子怎么叮咬竟没了反映。孔小泉把双腿抱得紧紧的，脑门抵在膝盖上。蚊子唱起了大合唱，一阵高过一阵，像催眠曲似的。慢慢地，孔小泉有了睡意，眼皮像有一只手在使劲往下扯着。他头一歪，竟迷迷糊糊地睡着了。

说黄海是改变孔小泉命运的人一点也不过分。孔小泉是广都本地人，从广都中学考入复旦大学新闻系，毕业后应聘到《广都大学学报》编辑部当编辑，三年后考取了南大新闻专业研究生。在校期间，孔小泉利用暑假和寒假，采访报道了广都县域经济发展、保护生态环境、非遗传承人的生存发展状况等有分量的长篇通讯，其中有关非遗传承人生存发展状况的消息还获得了"中国新闻奖"。这些重头报道，大多刊登在中央级报刊上。一个在读新闻专业研究生，能有如此业绩，真可谓凤毛麟角。三年前，当孔小泉研究生快毕业的时候，黄海在第一时间赶到南大，与孔小泉作了一次彻夜长谈。

那天是五一节，孔小泉没有回广都，一个人关在宿舍里赶写毕业论文。当天下午，黄海通过《广都大学学报》主编联系上了孔小泉，然后从广都乘车到南京，费了很大周折才找到了孔小泉住的地方。当黄海站在孔小泉宿舍门口的时候，孔小泉大吃一惊，他没想到，眼前这个疲惫不堪的瘦高个，竟是广都日报社的一社之长。孔小泉问黄海：为什么不让报社的车子送？黄海说：司机很辛苦，难得休息。一席话，说得孔小泉感动不已。他请黄海吃了晚饭，两人边吃边聊，非常投缘。回到宿舍后，黄海并没有马上回去的意思。孔小泉便试探地问黄海：社长今天就住下吧，明天再回去。黄海乐呵呵地说：不走了，反正你这里就一个人，我就在旁边的床上将就一夜。孔小泉劝黄海住到学校宾馆去，黄海坚持说：在一起好说话，我还有好多话没说呢！

孔小泉彻底被感动了。他为黄海泡了一杯茶，两人面对面像一家人似的聊了起来。这个夜晚，他们无拘无束地从 M·麦克卢汉的《媒介通论：人体的延伸》，谈到新华社老社长穆青的《县委书记的好榜样——焦裕禄》；从党报的公信力传播力，谈到报社报纸的改革和发展。一直到凌晨三点多，两人才意犹未尽地躺下。第二天天一亮，他们早早地起了床，黄海请孔小泉在路边小店吃了早点，然后孔小泉坚持把黄海送到长途汽车站，一直目送着汽车消失在视线中。

毕业的那个月，尽管省城有几家媒体争相向孔小泉伸出橄榄枝，并开出了类似解决住房这样的优厚条件，但孔小泉不为所动，毅然决然地选择了《广都日报》。到报社的第一年，孔小泉任记者部副主任，第二年就当上了记者部主任，去年又提拔为日报副总编。在《广都日报》这个大家庭里，孔小泉如鱼得水，尽展才华。这几年，他佳作连连，汶川大地震、北京奥运会等急难险重的采访任务几乎都是他打头阵，而且从来没有出过差错。

6

午饭后，猴子联系了武卫东，武卫东正在城南的半月湖钓鱼，猴子说有重要事情，马上过来。

猴子不认识路，武卫东告诉他，城南有个望江村，村南头有座水泥桥，过了桥向西三四百米，就看到半月湖了。武卫东特别关照，自行车停在半月湖南北方向的堤坝上，人走过来。

按照武卫东说的，猴子轻松地找到了半月湖。两人一见面，亲亲热热地握了一阵手，像久别的恋人。武卫东着急地询问报社的情况，武卫东问一句，猴子答一句。猴子一直东张西望的，显得很不自在。

武卫东坐在自带了小板凳上，小板凳旁边有一堆烟头。见猴子要往地上坐，武卫东连忙从口袋里掏出几张报纸递过去，说是昨天的，已经看过了。

猴子接过报纸垫在屁股底下，随即把带来的报纸递给武卫东：看看吧，我们的报纸开始炮轰佳美了。

太好了！武卫东高兴地接过报纸看起来。

是黄社长让我带给你的。说这话的时候，猴子像一位执行重大任务的信使，语气非常庄重：黄社长特别让我转告你，要做好提前回报社上班的准备。

提前？武卫东的目光移到猴子脸上，想从中找出答案。

社长是这么说的。我就知道不会开除你，只是让你歇几天。猴子开心地加重了语气：黄社长对你可关心呢，问我联系了你没有？又问你这两天干什么？

我给他添麻烦了。武卫东望着眼前的一汪湖水，内疚地说：都怪我太冲动。

不能全怪你。猴子捡起身边的一块碎石，用力向湖心掷去，石头在不远处落入水中，无声无息。猴子以赞扬的口气说：报社不少人夸你哩，说连老婆都保护不了的男人不算男人汉！

一辆沙石车从江边方向开过来，经过半月湖堤坝的时候，轰隆隆的声音特别刺耳。武卫东和猴子都感到脚下在微微颤动。他俩不约而同地朝砂石车望望，想说什么又都咽了回去。

武卫东突然问猴子：找过佳美监控室的老同学了？

哦，找过。猴子看着湖面，结结巴巴地说：找过，但都说忙。

你没上单位找他去？武卫东的目光直逼猴子，猴子不敢与武卫东对视，看着水中的鱼线，打着岔：好像咬钩了。

武卫东一抖精神，全神贯注地盯着水中的浮子，自言自语道：这里的鱼野，咬钩也不像内河里的鱼那样老实。

鱼也有老实与不老实的？猴子问了一句，也不看武卫东。

当然有。武卫东知道猴子不会钓鱼，又给他解释说：这鱼跟人一样，比如江里的鱼，见多识广，狡猾得很，难钓。内河里的鱼，包括鱼塘里的鱼，比较呆，我用一条蚯蚓钓过三条鲫鱼，你说这鱼呆不呆？但太好钓就失去钓鱼的乐趣了。所以，我还是喜欢到半月湖这样的地方钓。

你这么喜欢钓鱼？猴子鼓足勇气看了武卫东一眼。

你不懂。武卫东提了提鱼线，叹了口气：我不钓鱼就忘不了姓钱的那个王八蛋！也忘不了我是个闲人、无用的人！

猴子心里有愧，见武卫东唉声叹气的，不禁一阵脊背发凉。他朝四周望望，关心地提醒武卫东：这里有点偏，要注意安全。

怕我掉到湖里淹死啊？武卫东呵呵一笑，朝猴子望望：几天不见，怎么变得婆婆妈妈的？

你不太会游泳，我是提醒你。猴子起身拍拍屁股：我该走了。

好啊，见到社长替我谢谢他。武卫东放下鱼竿，掏出烟，递给猴子一支，自己也衔了一支。猴子连忙掏出打火机，火打着了，两手捂着递到武卫东面前，武卫东低头猛吸一口，抬头时，烟雾从他嘴里冲出来，立即被风吹得四处逃窜。猴子也点上烟狠狠地吸了一口，可能用力猛了，抬头时呛得咳个不停。

武卫东拍拍猴子的后背：路上慢点骑。

猴子抖抖嗦嗦地从口袋里摸出一包烟塞到武卫东手里。

武卫东很惊讶：发财了？

猴子也不答话，可能是被烟呛的，眼睛里竟噙满了泪水。他朝武卫东挥了挥手，默默地走到堤坝上，跨上车走了。

武卫东目送着猴子，觉得他有点怪，但又想不出什么原因。

7

　　吃过午饭，黄海不停地拨打孔小泉的手机，想了解佳美那边的情况，但一直是关机。黄海坐立不安地在办公室踱着步，不时焦急地看看墙上的电子钟。怎么回事？遇到什么麻烦了吗？不会出什么事情吧？黄海的心头被一种不祥之兆笼罩着。一直到下午上班，他还是未能联系上孔小泉。黄海急了，打电话让安静到办公室来。

　　安静一进门，黄海就不安地问道：中午见到孔小泉了？有没有看到他在食堂吃饭？

　　安静摇摇头：没注意。说着，拿出手机准备拨号。

　　黄海摆摆手说：关机了，吃过中饭我就一直在联系他，始终关机，会不会出什么事了？

　　他能出什么事？安静有些诧异。

　　黄海把徐华与他通电话的内容给安静说了一遍，又解释说：我让小泉去找线人核实一下，也不是太为难的事，怎么到现在一点消息也没有呢？急死人了！

　　听黄海这么一说，安静惊讶不已：万市长凭什么说我们的报道是假新闻？就算佳美昨晚不让员工摸棋子了，毕竟昨天中午，在这之前，他们一直都是那么做的。新闻记录的是昨天的事实，不能说我们是假新闻！

　　黄海沉思着，焦急地在屋里来回踱步。

安静眉头紧锁，目光随着黄海的身子在移动。

黄海停在安静面前，目光中充满期待：这样，你马上派两名得力记者去佳美，好好采访一下员工，看他们究竟有没有取消摸黑白棋子。眼见为实嘛。顺便找找孔小泉。黄海想了想，又说：要做两手准备。晚饭后，你辛苦一下，去一趟武卫东家，当面向叶美丽了解一下佳美的情况，也算有个证人证言。

好，我明白。

安静前脚离开，李晓群后脚就进了门。

李晓群见黄海脸色不好，关心地问道：社长，你不舒服？

黄海揉揉肚子：老毛病，没事。

不能太疲劳了。李晓群接着转入正题：刚才上班的路上，碰到市长秘书，他说万金昌向市长告了状，说我们今天的报道是假新闻，莫名其妙嘛！李晓群愤愤不平地说：佳美侵犯员工人格权也不是一天两天的事了，就算昨晚没有让员工摸棋子，也不能定性我们的报道是假新闻。领导说话要负责任！

你来得正好，正想跟你通气呢。黄海伸手示意李晓群坐下说。待李晓群在靠门口的沙发上坐定，黄海才走过去，坐到旁边的沙发上，平缓地说：上午徐部长给我打了电话，转告了市长的意见，让我们尽快把情况核实清楚。说我们是假新闻，那是万副市长个人的意见，不代表市长和徐部长的意见。放下徐部长电话，我就让孔小泉找线人核实，可不知怎么了，孔小泉一直关机，几个小时了，一点信息也没有，我担心会不会出什么事了。

李晓群默默地看着黄海，呐呐地说：不会吧，孔小泉的采访经验还是蛮丰富的。

是啊！黄海叹了口气，感慨地说：维权工作怎就这么难呢？

李晓群皱着眉头，若有所思地说：像万金昌这样的领导，在他心里，我们批评佳美就是找茬儿，找麻烦！

黄海扭头看着李晓群，会意地点了点头：弘扬真善美，揭露假丑恶。这是我们维权工作的出发点和落脚点。

我们也是这样做的。李晓群认真地说：揭露假丑恶只是手段，而倡导真善美才是目的。

是啊。黄海感慨万千：一篇报道可以打垮一个企业，一行标题可能会引发一场群体性事件，这还真不是危言耸听！

压力都是你一人扛着。李晓群看着黄海，目光里透着敬佩和内疚。

黄海指了指对面墙上的《春耕图》，自嘲道：我就是画中的那头牛。

李晓群望望《春耕图》，又望望黄海，动情地说：不！郝书记说得好，你是新闻界的老黄牛。

呵呵。黄海凝视着《春耕图》，不置可否。

有什么任务你尽管交给晚报。李晓群主动请战：毕竟五年了，一批记者编辑成长起来了，能顶用。

好啊！黄海转身看着李晓群：要不这样，晚报再派一路记者，专访钱大都，我倒要看看他还能耍什么花招！

好,我带个记者去。李晓群很快领会了黄海的意图,起身告辞。

黄海点点头叮嘱说:《新闻联播》之后我们通稿子。

好好! 李晓群走到门口又回头与黄海打了个招呼。

8

下午三点,吴天学接到佳美超市保卫部打来的电话,先问了孔小泉的身份,然后说孔小泉在佳美爬窗户,想偷东西,被保安抓了。又说,我们钱总关照了,既然是报社的,赶快让报社来领人。

吴天学听得一头雾水,连忙走到隔壁向黄海报告。得知孔小泉有了下落,黄海心头的石头总算落了地。他吩咐吴天学赶快开车去把孔小泉接回来。

大约过了半个多小时,孔小泉神色黯然地走进了黄海办公室。黄海迎上去,一脸惊喜地抓住孔小泉的胳膊:他们没把你怎么样吧? 还好吧?

孔小泉活动了一下手脚,把前后经过一五一十地向黄海作了汇报,说完了,又感慨地说:他们是冲着报社来的,冲着报道来的!

胆大妄为! 黄海狠狠地骂道:两个保安没这个智商,一定是姓钱的捣的鬼!

我没有完成任务。孔小泉有气无力地检讨着,他的目光始终没敢正视黄海。

这不怪你。黄海突然想了起来:那个线人有消息了?

有了，有了。孔小泉连忙汇报说：我那线人被派往D国培训了，一直在飞机上，所以联系不上。刚才我开机收到他给我发的信息，说回来就与我联系。

那就好，那就好。黄海听到孔小泉的肚子一直咕咕叫着，像有一个人在说话，便关心地问：还没吃午饭吧？

我马上去吃。孔小泉强打精神，心里想的还是工作：社长，下一步怎么办呢？

我已经给安总交待了，她晚上去武卫东家采访叶美丽，应该没有什么问题。黄海怜惜地望着孔小泉被蚊子咬得疙疙瘩瘩的脸，动情地说：你受苦了，这笔账早晚要算的！

我个人没什么。孔小泉的声音很虚，好像害了一场大病似的。

黄海充满爱意地看了看孔小泉，突然手一挥：走，到食堂去！说着，拉着孔小泉就往门外走。

谢谢社长！孔小泉眼泪出来了。他被黄海牵着手，像一个走失多年突然回到家中的孩子。

9

李晓群带着一名记者赶到佳美超市，好不容易在二楼一间办公室里找到钱大都。钱大都认识李晓群，一见面便话中带刺：李大总编，又要给我们做大文章了？

李晓群也不生气，客气地问：能与钱总单独聊聊吗？

请吧。钱大都高傲地手一挥：到隔壁我的办公室去。

钱大都坐在老板桌后面的真皮转椅上，示意李晓群和记者在他对面的两把木椅上坐。

李晓群看到钱大都桌上摊着当天的《广都日报》《广都晚报》，觉得还是开门见山好，便礼貌地问钱大都：钱总，我们的报道你看了？我们来就是想听听你的意见。

钱大都屁股底下的椅子一直在左右转着，见李晓群问他话，立即稳住转椅，身子倾向李晓群，一脸凶相：你们干的好事，还来问我？！

省城的报纸报道在前，我们已经晚了一步。李晓群这么说，是想尽量缓和谈话的气氛。

你不要解释！钱大都挥舞着一只手，武断地说：早上我已经向万副市长报告了，你们的报道是典型的假新闻！报纸是要负责任的！

既然你们知错改错了，那一会儿员工下班的时候我到现场看一看，果真是这样，明天我们登报给你们正名，给你们赔礼道歉。李晓群不想与钱大都一般见识，说话的态度极其诚恳：毕竟今后我们还要打交道。

看就没有必要了！钱大都抓起桌上的《广都日报》《广都晚报》，咬牙切齿地把报纸揉成一个大纸团，然后重重地扔到身旁的废纸篓里：就这样吧，我还有事。

钱大都下了逐客令。

李晓群的脸上掠过一丝恶心的神色。他不动声色地走到钱大都身边，从纸篓里捡起那个大纸团递给随行的记者，愤愤地说：我们走！

钱大都翻了翻白眼，不明白李晓群的用意。

下班的时间到了。李晓群和随行记者走到超市门口，看到穿着佳美工作服的员工就主动上前打招呼，自我介绍是报社的记者，希望与师傅聊几句。但没有一个人愿意停下脚步听他俩说话。

李晓群敏感地意识到，越是难采访，越有可能抓到"活鱼""大鱼"。他四下看了看，瞅准了一位面相比较和善的中年妇女。

李晓群尾随着那位中年妇女来到停车棚，见对方正准备骑上电动车离开，李晓群凑上去，热情地称呼说：这位大姐，我是报社的，想跟你打听点事。

中年妇女一听是报社的，马上紧张地朝四周望了望，见没有人，才睁大眼睛问：什么事？

超市是不是不要大家摸棋子了？是不是不让你们掏口袋了？李晓群盯着对方，急切地等待回答。

对方又警惕地朝四周望望，心有余悸地说：这位同志，你不要问了，找份工作不容易，千万别让我丢了饭碗。说着，推着电动车就要走。

大姐，我就问你一句话。李晓群一把抓住电动车的龙头，语气近乎哀求：你就告诉我，佳美有没有为难你们？有，你点个头；没有，你摇个头。

中年妇女怔怔地望着李晓群，眼泪快下来了：你真的不要为难我！

李晓群望着中年妇女凄苦的脸，心软了。他慢慢地松开了手：你走好。

中年妇女像逃命似的，一转眼就消失得无影无踪。

李晓群呆呆地站在原地，一脸惶惑。

10

安静早早地吃了晚饭，先电话约了武卫东，然后打车来到他家。

武卫东已经吃完，正坐在小板凳上抽烟。叶美丽还在吃，桌面上有一堆鱼头鱼刺。

安静与二人打过招呼，走到小饭桌旁，俯下身子嗅了嗅：这鱼好香啊！

叶美丽半嗔半喜地说：这两天顿顿吃鱼，都吃腻了。

武卫东喷出一口烟，没好气地说：爱吃不吃！

安静觉得气氛有点不对，忙把话题岔开了：武师傅，佳美快投降了，你很快就要上班了。

我做梦都梦到我上班了。武卫东神情凝重地看了看安静，指着一张小板凳说：你坐，你是无事不登三宝殿，有什么事你直接说，都是自家人。

安静看了看叶美丽，蹲下坐到小板凳上。她拢拢头发，笑着说：那我就直说了。是这样，今天我们的报纸曝了佳美的光，但佳美的钱大都向市领导告状，说佳美已经不让员工摸黑白棋子掏口袋检查了，认定报社的报道是假新闻，还扬言要与报社打官司。黄社长让我来与小妹聊一聊，看到底是个什么情况。

叶美丽正在收拾桌子，听安静一说，顿时分了神，一根鱼刺扎到手指上。她哎哟叫了一声，安静连忙走过去抓住叶美丽的手：出血了？

没事，没事。叶美丽把指头放到嘴里吮着：一会就好了。

美丽，快给安总说说。武卫东催促说：知道什么说什么，不要打埋伏。

叶美丽一脸为难，心思重重地坐在小饭桌旁不说话。

有什么不能说的，大不了下岗！武卫东朝叶美丽吼了起来。

武卫东这一吼，让叶美丽觉得很委屈。她含着泪说：我也没有说不能说。

不急不急，让妹子想想。安静打着圆场，又坐回小板凳上，鼓励叶美丽说：你不要怕，有黄社长和报社为你做主，果真佳美辞退了你，我向黄社长推荐你到报社上班，报社每年都招人的。

真的？叶美丽睁大了美丽的大眼睛，将信将疑。

你放心吧。安静又朝武卫东看看，武卫东朝叶美丽点点头：我相信。

那好吧。叶美丽像吃了定心丸似的，开始不紧不慢地说：昨天，省里的报纸曝了佳美的光，上海总部都知道了，据说钱大都吃了批评，很恼火。中午他就召集班组长开了会，宣布了一条纪律：谁要是再泄露超市让员工掏口袋的事，立即开除！要求传达到每一个员工。所以，你们找员工了解情况，恐怕没有一个人敢说的。

这么说，到今晚为止，让大家掏口袋的事并没有停止？安静追问。

黑白棋子是不摸了，但我们下班的时候，还是要把口袋掏出来让监管的人看一看，说是自愿，可以不掏，但哪个敢不掏？

原来是这样。安静恍然大悟，正准备往下问，手机响了，一看是黄海打来的，马上摁下了接听键。

社长，我正在武师傅家，情况弄清楚了。安静站起来，高兴地汇报说：美丽小妹告诉我，黑白棋子是不摸了，但仍然让员工掏口袋检查，今天晚上还在继续。说是自愿，但没人敢不掏。很明显，钱大都告的是黑状！

好！黄海显然很兴奋，手机中传出的声音很响亮，武卫东、叶美丽都听见了：我马上向徐部长汇报，他已经等急了。还有，你代我感谢卫东，感谢小叶，报社不会亏待他们的！

他们都听到了！安静兴奋地看看武卫东，又看看叶美丽，然后向黄海表态说：我马上回去写稿，争取九点钟之前交给你。

好！黄海高兴地说：晚报李总他们也采访回来了，我们九点钟到党委会议室碰头，一起过一下明天的见报稿。

好好！安静满面笑容地挂了手机。

没等安静开口，武卫东起身对安静说：你快回去写稿吧，写文章不容易。

安静本想与武卫东夫妇再聊一会，见武卫东催她，便会意地点点头：那我就告辞了。

走到门口，叶美丽突然拉住安静的衣角，怯怯地问：不会把我写到文章里去吧？

安静想了想，笑着安慰叶美丽：不会的，我会用化名。

见叶美丽没听懂，安静又解释说：就是用假名字。

叶美丽一脸迷茫地点了点头。

11

九点不到，黄海与李晓群、安静、孔小泉、高俊峰、周子富几乎是同时走进党委会议室的。高俊峰没有落座，忙着给大家倒茶。

黄海心情很好，他的目光在每个人的脸上都停留了一下，然后兴奋地告诉大家：刚才我与徐部长通了电话，汇报了我们的采访情况，徐部长说，还是那句话，佳美一天不纠错，我们的报道一天不停止！

大家小声交流着，个个摩拳擦掌的样子。

大家的采访很辛苦！黄海满怀深情地说：今天下午到晚上，围绕佳美究竟有没有停止侵权行为，我们有三次采访活动。首先是小泉同志，单枪匹马，深入虎穴，结果被佳美的两个保安纠缠住，不分青红皂白，关了他几个小时，没有吃的，没有喝的。你们看他脸上，到处是蚊子咬的疙瘩。黄海停了停，突然提高嗓音说：这是典型的违法行为！

可能是脸上燥痒得难受，孔小泉下意识地摸了摸嘴巴。大家看到孔小泉脸上的红疙瘩一块连着一块，左边半个脸明显大了。

太过分了！

简直是无法无天！

不能就这样算了！

这笔账早晚要算！黄海的拳头在桌上重重地敲了一下：善有善报，恶有恶报，不是不报，时候未到！顿了顿又继续说道：第二次是李总亲自带记者去的，李总给大家带回了一样东西，大家看看。

黄海话音未落，李晓群已经把一个大纸团放在桌子中央。

黄海沉着脸指着大纸团说：佳美的钱总钱大都，当着李总的面，把我们的报纸揉成这样，然后恶狠狠地扔到废纸篓里，是李总捡回来的！

太嚣张了！

他这是向我们宣战！

这一仗一定要把他打趴下！

会议室里像炸开了锅，充满了火药味。

黄海伸手示意大家静一静，继续说道：第三次采访是安总去

194

的。晚饭后，安总去了武卫东家，专门采访了卫东的夫人。据小叶反映，佳美是不让员工摸黑白棋子了，但口袋照掏，而且下了一道死命令，谁泄漏这个秘密就开除谁！所以，员工们噤若寒蝉，个个敢怒不敢言。

黄海端起面前的茶杯，痛痛快快地喝了一大口。他呷呷嘴，意犹未尽地说：下午，日报两名记者去佳美超市采访，无功而返。所以，也可以说我们一共进行了四次采访活动。采访的大致情况就是这样，大家说说吧，明天的报道怎么安排好。

安静见黄海看着她笑，便拢拢头发，谦逊地说：从武卫东家回来后，我就开始写，刚写了个草稿。肩题是：黑白棋子不摸了，但掏口袋检查照旧。大标题是：佳美羞羞答答为哪般？副题是：信任和依靠员工才是企业生存发展之道。大约有一千多字。说着，把手上的几张稿纸递到黄海面前。

李晓群接着说：我建议，安总的文章作为明天的主消息，肩题、大标题、副题拟得都很好，很有冲击力。我的采访是不是就写一篇现场见闻，七八百个字，重点落在钱大都的傲慢无礼上。

他把我们报纸扔到纸篓里的细节要写上。高俊峰建议说：这个可以引起公愤。

我倒觉得不写为好。周子富嘟囔了一句。

写上也无妨。黄海看看高俊峰，又看看周子富，一锤定音。

我有个建议。孔小泉一直闷闷不乐，听完安静和李晓群的发言后，心情渐渐好了起来。他嘶哑着嗓子说：能不能再安排一篇

195

新闻链接，我这里有现成的材料。

孔小泉翻着手中的采访本，很快停在其中的一页，认认真真地讲了起来：前段时间，我专门采访了广都的当代超市、大发超市的负责人，很受启发。大发超市三年前就不让员工掏口袋自检了，取而代之的是，在商场内多添加摄像头，在贵重货物上加磁条和磁扣，然后再在出口处设置防盗检测器。当代超市做得更好，从源头上采取措施，让员工对企业有认同感，让员工珍惜自己的这份工作。比如，以前超市是不管员工午饭的，后来管饭了，同时给员工加薪，缴纳社会保险，劳动合同一签就是三年，这些人性化管理的措施很有效，超市的内盗基本上没有了！

安静起身给孔小泉的茶杯添满了水，孔小泉抬头感激地看了安静一眼，继续说道：当代超市五六年前就取消了让员工掏口袋自检的做法，他们认为，这样做负面影响太大，特别是员工的逆反心理很重，这对培养员工对企业的认同感和忠诚度很不利。所以，我建议，把这两家超市的做法写成新闻链接。他山之石，可以攻玉。也是善意地提醒佳美，再不能走让员工掏口袋自检的老路了。

搞个新闻链接好！黄海肯定了孔小泉的建议，又问大家：怎么样？

几个人都说好。

见讨论得差不多了，黄海总结说：时间不早了，我说个意见。明天的报道，仍然按今天的体量，日报半个版，晚报一个版，都

196

放在二版，头版做一个导读。主消息用安总的那篇，加上李总的现场见闻和小泉的新闻链接，分量是足够了。会后你们几个抓紧拿稿子，写好了内部网上传给我。

黄海想了想，用征询的口气问大家：我琢磨，还应该有一篇短评，题目叫做"既要亲商安商，更要亲民安民"，大家觉得怎么样？

当然好呀！李晓群赞赏着，又看看黄海：社长一定成竹在胸了。

那就我来写吧。黄海也不推辞，充满自信地说：这篇短评的核心观点是，商是客人，民是主人，这个关系任何时候都不能颠倒，颠倒了我们就要摔跟头、犯错误！

孔小泉的脸上有了笑容，他意味深长地说：不知明天万金昌副市长看了这篇短评有何感想？

几个人相视一笑。

黄海深沉地说：我们对事不对人。

大家忙去吧。黄海目送着大家出了门。他没有动，埋头写起了那篇短评。

12

签完日报头版二版的大样，已是凌晨一点了。黄海一点睡意也没有。他在想，如果明天佳美仍不低头，这连续报道怎么做下去？按照计划，下一步应该采访佳美上海总部，采访省总工会、省妇联、省劳动和社会保障厅。有备无患，不打无把握之仗，更不能有丝毫的侥幸心理。想到这里，黄海果断地给孔小泉打了电话，要求他明天先去省城采访，采访佳美上海总部暂缓。

外面下雨了，雨点打在窗户上发出噼里啪啦的响声。黄海走到窗前，头抵在玻璃上朝外看，眼前浑浊一团，什么也看不清。风从窗户缝隙里钻进来，发出一阵紧似一阵的嗖嗖声。他静静地站了一会，然后掏出手机，拨出了一组号码。

是印刷厂朱厂长吗？我是黄海。

我是。社长还没休息？朱厂长知道黄海这么晚打电话一定有事，忙问：社长有什么指示？

下雨了，下得还不小。黄海用商量的口气说：下雨天，买报纸的人会少许多。明天的日报少印一千份，晚报少印三千份怎么样？这样报刊亭的退报率就下来了。

好的，我马上通知下去。朱厂长感慨地说：让社长操心了。

黄海也不客套，又问：报纸开印了没有？

朱厂长欣喜地说：正准备印，你电话就来了。

那就好。黄海又关照说：明天你记得给发行部主任打个招呼，减少两报的印数是我临时决定的。

好，好。朱厂长显得有些激动，连声说：你太客气了。

相互尊重嘛。黄海客气地挂了电话。

打完电话，黄海像撒下大网等待收获的渔夫，处在一种亢奋状态，睡意全无。他心想，坏了，今晚搞不好又要失眠，便急忙拉开办公桌抽屉找安眠药。

记得还有几颗的，放哪儿了？黄海一边自言自语，一边心急火燎地在办公桌几个抽屉里翻腾。

完了，没有安定，这觉没法睡了。

黄海开始一遍又一遍地在心里暗示自己：睡觉先睡心，定下心来，什么都不要想，说不定能睡好。

黄海躺到床上，两眼看着模模糊糊的天花板，他在默默地数数：一，二，三，四，五，六……快数到一千了，还是没有睡着。

唉！黄海重重地叹了口气，伸手从床头柜上拿起那只小收音机，开始听音乐。只听了一会，黄海打了个呵欠。他条件反射似的立即关掉收音机。他太珍惜这个呵欠了。他知道，这是身体发给他的睡觉信号，必须无条件服从。

黄海真的睡着了，而且睡得很沉。

他开始做梦了。

先梦见武卫东钓到一条大鱼，鱼在水中垂死挣扎，把武卫东连人带竿拖入湖中，武卫东在水里拼命地与鱼搏斗，费了九牛二虎之力才捉住那条大鱼。武卫东站在水里，抱着那条大鱼朝黄海笑，什么话也没有说。

黄海又梦到自己变成了一个小矮人，偷偷地溜进了市委大楼，躲在市委常委会议室的桌子底下。郝义伟书记从中央党校回来了，正在主持会议。

郝义伟突然提高嗓音说：下一个议题，讨论如何处理广都日报社社长黄海，请组织部先汇报。

接着，一个声音在会议室里响起，像宣读判决书似的：

《广都日报》《广都晚报》连续两天刊发批评佳美超市的文章，其篇幅之大，用词之狠都是前所未有的。经调查核实，报道全是道听途说、捕风捉影的假新闻！这两天的报道给佳美超市造成了不可弥补的损失。佳美上海总部已经来人，强烈要求报纸公开登报赔礼道歉，并要求处理相关当事人。组织部慎重研究，并征求了市委常委、宣传部长徐华的意见，建议作如下处理：一，《广都日报》《广都晚报》公开登报向佳美超市赔礼道歉；二，责令广都日报社社长黄海辞职。

话音刚落，会议室里响起雷鸣般的掌声。

黄海听到掌声响起，一股热血直冲脑门。他攥着双拳从桌子底下冲出来，面朝郝义伟大声喊着：我是冤枉的！有人陷害我！

这时，一个青面獠牙的人冲到黄海面前，一把抓住他的衣领，歇斯底里地骂道：你就是广都报社的看门狗，没想到你也有今天！哈哈哈哈！一阵狂笑。

黄海气得浑身发抖。他强忍着怒火，大声喝问：你是谁?！

我是钱大都！说完又是一阵狂笑。

一听到钱大都的名字，黄海就想抡起拳头狠狠地教训一下这个无赖，但无论怎样使劲，他的手臂都动弹不了。

黄海拼命挣扎着，并嗷嗷地叫出了声。

黄海惊醒了，一身冷汗。他清楚地记得刚才的梦，每一个细节每一句话都记得。

怎么会做这样的梦呢？难道报道上有什么问题？我怎么会变成一个小矮人呢？

黄海又没法入睡了。

第八章

1

早上一到办公室，万金昌像往常一样，悠然地拿起当天的《广都日报》随意翻着。当翻到二版，一扫标题，万金昌的心猛地咯噔了一下，整个脸瞬间胀得通红，像两片猪肝。这个钱大都，怎么可以说假话呢？这不是出我洋相吗！不像话！万金昌咬着牙，一巴掌把报纸拍在办公桌上。

万金昌首先想到的，是怎么向吴一平市长解释呢？堂堂一个副市长，太没有城府了，竟然听到风就是雨，向一把手市长提供假情况，而且一口咬定报社的报道是假新闻，成何体统?! 万金昌惶恐不安地拿起手机，准备向吴一平发条信息。他心想，先作个自我检讨，争取主动，然后再当面作自我批评，挽回影响。信息刚编了个开头，万金昌就停了下来，他突然想到，钱大都为什么要这么做？为什么认定报社的报道是假新闻？难道有什么难言之隐？沉思片刻，万金昌改为给钱大都发了条信息，让他马上到办公室来。

很快，钱大都风风火火地推开了万金昌办公室的门，进门后旁若无人地走到万金昌右手边，那里有一组真皮沙发，他在朝门口的位置上坐下来，翘起二郎腿，一副不可一世的样子。

万金昌正捧着《广都日报》发呆，见钱大都来了，抬起头，冷冷地问了一句：今天的报纸看了？

看了，全看了。他们知其一，不知其二，瞎折腾！钱大都仍是一副傲慢的神态，说话的时候身子一直在动，沙发一起一伏的，好像屁股底下有一个大弹簧。

大都，你是怎么搞的？万金昌明显是压着火气，开始责怪钱大都：你怎么可以对我说假话呢？我都向吴市长作了汇报，说报社的报道是假新闻。可现在，我怎么向吴市长解释？

他们不了解佳美的情况嘛。钱大都从沙发上站起来，还在强词夺理：我早就向你汇报过，摸棋子，掏口袋，只不过是佳美与员工的一个小游戏，也是佳美的企业文化。再说，从昨晚开始，我们确实不让大家摸棋子了，至于掏口袋，那都是自愿的。真的没有必要大惊小怪！

哪个人会自愿把口袋掏出来让人检查，脑子有问题了？！万金昌越听越生气，抓起桌上的《广都日报》抖了抖，愤怒地说：你们为什么不能向当代超市、大发超市学习呢？非要弄得不可收拾！完全是捡了芝麻丢了西瓜，蠢不蠢？！

钱大都愣了一下，他没想到万金昌会如此较真，话竟说得这么难听。钱大都看着万金昌阴沉的脸，连忙转攻为守，恭敬地说：你看今天的报道，文章中用了一个化名，说不定又是一个谎言。

我刚问过报社领导，文章中提到的那个女工叫叶美丽。万金昌看着钱大都，目光极不信任：我答应保密的，你不要为难人家！

原来是她！钱大都两眼冒火，嘴里骂骂咧咧的：真是家贼难防啊！我回去就把她开了！

万金昌怒气冲天地大喝一声：你这是跟我过不去！

钱大都心头一惊，嘴里嘟囔着：我让她去打扫厕所。

你就这点出息！正说着，万金昌的手机响了，是吴一平市长的秘书打来的。

万金昌接着电话，脸始终沉着，不停地嗯嗯地应着。接完电话，他忧心忡忡地对钱大都说：吴市长秘书打来的，说市长对今天的报道有批示，马上传真过来。

万金昌看着钱大都，说话的口气不容商量：从今天开始，停止你们的游戏吧！

见钱大都不表态，万金昌又强调说：这也是市长的意见！

这个？钱大都瞟了万金昌一眼。他在想，眼前这个万副市长，一直以来都是和颜悦色地与他说话，从来没有像今天这样不客气，这一点让他大为不快。他甚至怀疑眼前这个万金昌还是不是从前的那个万副市长。

钱大都看了看万金昌的脸色，支支吾吾地说：我真的做不了主，要请示总部。

那就抓紧请示吧。万金昌低头看起了报纸，很不耐烦地朝钱大都抬了抬手。

钱大都觉得很无趣，脸红一阵白一阵，灰溜溜地出了门。

2

上午九点半，安静接到市妇联马副主席的电话，手机里传出的声音像放鞭炮，震得安静把手机放在离耳朵很远的地方接听。

安静兼职担任市维护妇女儿童合法权益工作委员会的成员，与马副主席很熟。

小妹啊，你们的报道写得好，解渴，解气！这个佳美超市是哪路神仙，敬酒不吃吃罚酒？我倒想去会会他们，不打不成交嘛！你有空就陪我去一趟，看看他们中午下班的情况。再不改正，让我老公从炮团调两门大炮来架在他们门口，轰这帮王八羔子。哈哈哈……

马副主席的连珠炮打完了，安静才把手机贴到耳朵上，开心地说：太好了，大姐！我陪你去。你看几点？

十一点半到佳美门口，不见不散！

好，好！

安静挂了手机，随即向黄海作了汇报。

九点半的时候，周子富正在办公室看报纸，突然，一位叫不上名字的记者冲了进来，上气不接下气地说：不好了！周总，胡蝶被检察院带走了。

周子富像触电似的从椅子上弹了起来，板着脸呵斥道：你瞎说什么！

是真的！记者紧张了，话说得颠三倒四的：我看电梯人多，一口气爬楼梯上到六楼的。刚才在楼下，我亲眼见一辆乳白色的车子停在报社大门对面的长江路上，上面印着"检察"两个黑色大字，两个穿便衣的人一前一后夹着胡蝶往车子那边走，开始我以为是胡主任接待客人呢，再一看，三人都进了那辆检察车，我想不好了，肯定出大事了，就马上来向周总报告。说完，抹了抹额头上的汗。

周子富听得脊背发凉，他估摸着这事十有八九是真的，但当着部下的面也不好多说什么，便不冷不热地朝记者挥了挥手：知道了，去吧！

记者见周子富反应这么平淡，迷惑不解地"嗯"了一声，皱着眉头退了出去。

周子富表面很平静，其实内心早已波涛翻滚。他急着想知道胡蝶是不是真的被检察院带走了，为什么事先一点消息也没有？他想打电话给胡蝶，刚摸到手机，心想不妥，万一胡蝶正在检察院接受调查，弄不好会惹麻烦。

周子富放下手机，呆坐在办公桌前。他在想，胡蝶有什么问题能够惊动检察院呢？她既不是党员，也不是编制内的干部，所谓的广告部主任，也就是晚报任命的，说拿就拿掉了。除非是经济犯罪，否则检察院不会轻易带人。再说，报社是新闻单位，不是谁想带人就能带走的，一定得有个程序，要打个招呼。对！李晓群一定知情，找他去。

周子富慌慌张张地走到隔壁李晓群办公室，李晓群正在上网，见周子富来了，高兴地说：网民表扬我们呢，说我们的报道写得好。

不等李晓群说完，周子富沮丧地说：胡蝶被检察院带走了，你知道吗？

什么？李晓群大吃一惊，猛地站起来：不可能吧？

错不了。周子富哭丧着脸，把那位叫不上名字的记者的话又重复了一遍，最后愁眉不展地说：这怎么办呢？

李晓群凝神想了想：我找黄社长去。说着，大步流星地出了门。

黄海正在办公室用座机打电话，见李晓群来了，马上伸手示意他先在沙发上坐下来。李晓群没有落座，焦急地在屋里走来走去。

黄海接完电话对李晓群说：来得正好，正要找你呢！

胡蝶出事了？李晓群隔着办公桌站在黄海对面，声音有些发颤。

早上一上班，检察院一把手给我打电话，说有人实名举报胡蝶犯受贿罪，按照程序，要对胡蝶进行谈话核实，所以就来人把她带走了。黄海目光冷峻，始终盯着李晓群：至于什么人举报的，多大金额，也没有告诉我，可能暂时还不便告诉我！

李晓群觉得问题严重了。他是了解胡蝶的，贪财，贪小便宜，这是她最大的毛病。自从当了广告部主任，一年几十万收入，够吃够用了，为什么还要受贿呢？难道是江山易改、本性难移？

李晓群还知道胡蝶有一个"奋斗三年买一套别墅"的梦想，但万万没想到她会受贿。这是犯罪啊！怎么就不明白这个道理呢?! 想到这里，李晓群小声问黄海：能不能帮帮胡蝶？毕竟家丑不可外扬。

黄海正色道：我们不能干涉人家正常办案。再说，检察长在电话中也说了，报社不同于其他单位，一定会实事求是处理的。

见黄海这么说，李晓群沉默了。他坐到靠门口的沙发上，一筹莫展。

黄海走到李晓群旁边的沙发上坐下来，盯着李晓群看了半天，表情严肃得让李晓群有点发怵：胡蝶与你有没有经济上的瓜葛？或者送什么大额现金、购物卡给你？

李晓群蹙着眉在想，很快就回了黄海的话：我与她从未有过经济上的来往，她也从来没有送钱给我，偶尔有点小礼物，比如，新楼盘开业，带个床单、衬衣什么的，这个是有的，值钱的大东西没过。又说：这人爱贪小便宜，只进不出，从不会花钱买东西送人。

有没有什么现金卡之类的送给你？黄海启发李晓群：好好想想，万一有个牵连，就麻烦了。

有一张银行卡！李晓群想起来了：前两天胡蝶到我办公室，

给了我一张卡，说让我自己去买件衬衫。那张卡是夹在我办公室桌上一本书里的。差点忘了。

卡上多少钱？黄海追问。

不知道。李晓群摇摇头，见黄海脸板着，眉头紧锁，马上表态说：要不我去办公室找找？

快去！黄海催促道：越快越好！

从十楼乘电梯到六楼，再返回来，就几分钟的工夫。李晓群喘着粗气，双手递给黄海一张银行卡，显得很高兴：找到了，找到了，就这张，我没动过。

黄海接过来，还没来得及细看，手机就响了，是检察院一把手打来的，黄海立刻接了：检察长，给你添麻烦了。

黄海笑着打招呼，电话那头传来检察长的声音：老黄啊，胡蝶的态度还不错，一到检察院就交代清楚了，是佳美超市的钱大都送给她一张两万元的银行卡，举报人也是这个钱大都，他说胡蝶索贿，送卡给胡蝶是出于无奈。但从初步调查核实的情况看，胡蝶确实不知道这张卡的金额，她以为就是一两千元的小意思。后来，她又把这张卡转送给了晚报总编李晓群。这个问题就有点复杂了，牵扯到晚报李总了。

黄海一直"嗯嗯"地应着，听到检察长说到李晓群，他马上老练地"哈哈"一笑，然后盯着那张卡，问检察长：那张卡是不是广都商业银行的？不等检察长回话，黄海又笑着说：卡在我手上呢！

胡蝶交代是广都商业银行的卡。检察长问：是晚报李总上交的？

对啊！黄海一手拿着手机，一手拿着那张卡，有板有眼地开始编故事：昨天上午，李总到我办公室来汇报工作，顺便上交了这张卡，我问他卡上多少钱，他说不知道，说是胡蝶给的，让他自己买件衬衫，当时估计也就一两千吧，没想到是这么个数！

这就好了，要不然还真有些麻烦。从法律上讲，不管李总知不知道卡上的金额，都是受贿啊！

法律问题你是专家，听你的。黄海若无其事地笑着，问：你看这张卡怎么处理？

你写个情况说明，连同那张卡一起交给我。李总这事就算了结了！

好的好的，让你费心了！

黄海放下手机，一副有惊无险的样子。

李晓群一直在听黄海接电话，大致意思也听明白了。见黄海放下手机，他满脸通红地走到黄海面前，想说什么，可嘴角一直抖着，老半天才冒出一句：多亏你了！

黄海呵呵一笑，坦诚地说：好险啊！再晚几分钟，我恐怕想救也救不了你了！

李晓群一把抓住黄海的手，流着泪说：谢谢你，老大哥！

3

十点多钟，黄海先去检察院送了银行卡和情况说明，又到具体办案人员那里了解了胡蝶的情况，然后来到市委宣传部。他想到，发生这么大的事，又涉及到李晓群，必须向徐华作个汇报。

徐华办公室的门是开着的，见黄海来了，招了招手：来得正好，你看看这个。说着，把一张报纸复印件递到黄海手上。

黄海接过来一看，是吴一平市长在今天《广都日报》二版上的批示，内容如下：

这一组报道写得很好，评论写得也好。我们是搞市场经济，但我们搞的是社会主义市场经济；我们要招商引资，但我们不能以牺牲老百姓的利益为代价，包括他们的人格权。市场经济也是法治经济。不论是本土企业，还是外资企业，无一例外地都要严格遵守法律，依法办事，任何侵犯员工合法权益的做法都是错误的。请万金昌副市长督促佳美超市立即纠正错误，尊重员工人格，努力建立和谐的劳资关系，树立良好的企业形象。

太好了！黄海把报纸复印件举到眼前晃了晃，高兴地说：吴市长态度鲜明，要求明确，我看万金昌还有什么话说！

吴市长的态度一直是鲜明的。徐华看着黄海，关照说：你们要盯住佳美超市，看他们有什么动作。

黄海胸有成竹地说：都布置好了，放心吧。我今天来，是要汇报另外一件事。

黄海把检察院带走胡蝶的事一五一十作了汇报。

当黄海说到胡蝶到检察院之后，不仅交代收受两万元银行卡的事，而且主动坦白了开假发票、虚报冒领的贪污行为。

多大金额？徐华瞪着眼，显得很生气。

黄海说：也是刚刚听办案的同志讲的，估计三五万吧，具体数字要等查完账才能敲定。

这是犯罪啊！徐华的嗓门大了起来，脸色严峻得像个法官：李晓群是怎么管的？

分管广告工作的周总有责任，我也有责任。黄海带着自责的口吻说：早就打算成立报社审计部，加强内部审计和监管，可拖到今天也没有办。

主要责任在李晓群，他推托不了。徐华话锋一转：不谈他了。你不来，我也准备找你的。说着，从右手抽屉里拿出一封信捏在手里。

徐华看着黄海，面带难色，犹豫了一会才说：这里有一封匿名信，是写你的，我考虑再三，还是先给你看看。停了停，又宽慰说：不要有什么思想负担。要相信组织，相信领导。

黄海的心重重地往下一沉，脑子嗡嗡作响，惊讶地望着徐华：写我的？

你先看看信。徐华把信递给黄海，感叹地说：这么多年了，我是了解你老黄的，这封信十有八九是诬告！但按照信访程序，下午三点，市纪委纪检一室还要请你去核实一下情况。

黄海开始低头看信，表面上异常平静，内心却像刀割似的难受，那封信在黄海手上微微发抖。

黄海的脸红一阵白一阵，胸脯急速地起伏着。自从参加工作以来，受表彰、上台领奖是常有的事，到纪委去说清情况这还是头一回。他使劲抿着嘴唇，极力克制着自己的情绪。

看完信，黄海的内心反而平静了许多。他想到，我心坦荡，明月可鉴。写匿名信的人，捕风捉影，凭空想象，这是小人之举！真的假不了，假的真不了，流言蜚语就像吹起来的肥皂泡泡，飞不高，也活不长。最能说明问题的是真相，我必须到纪委去向组织说明真相，相信组织会做出正确判断的。

黄海在心里告诫自己，难受只能说明自己脆弱，坚强起来，澄清事实，这是唯一的选择。

黄海抬起头，慎重地把信还给徐华，见徐华忧心忡忡地看着自己，便强作笑颜说：部长放心，我会按时到纪委去的。

你是市管干部，纪委找你核实情况，这也是处理信访件的一个程序。不要多想，相信组织上会实事求是处理的。徐华反复做黄海的工作，是想彻底打消他的顾虑。

组织原则，这个我懂。黄海回答得很干脆。

我与纪委刘书记商量过了，主要核实两个问题：一个是信上说的逼走日报两个女记者的事；一个是三万元广告款的问题。徐华用信任的目光看着黄海，非常体谅地说：广都有句俗话，为官三年，人人有言。你在报社八年多了，难免会得罪人。

黄海苦笑了一声，恳求道：部长，能听我说说吗？憋在心里难受。

我听你说。徐华起身给黄海倒了一杯茶，热情地鼓励说：真金不怕火炼！

先说逼走日报两个女记者的事。黄海端起茶杯象征性地抿了一下，镇定了一下情绪，接着汇报说：一个女记者叫蒋莉，为照顾夫妻团聚，调走了，这个属于正常调动，就不多说了。另一个女记者叫杨美美，自己主动提出要离职，安静总编几次找她谈心，尽力挽留她，也反复问她到底为什么要走？是待遇问题还是职务问题？是同事关系问题还是家庭问题？她说都不是，最后就说了一个理由，说在广都报社不能实现她的新闻理想。后来我单独找她谈了一次，我问她什么是你的新闻理想？她不作声，老半天才说出原因，是因为安静总编枪毙了她辛辛苦苦写的几篇稿子，让她觉得很没面子，这才萌发了离职的念头。其实，那几篇稿子都是我枪毙的，其中有一篇是写农贸市场蔬菜残留农药的。部长你是知道的，广都个别农贸市场蔬菜残留农药超标很严重，根本不能上市，可要是真的见了报，岂不天下大乱！这样的稿子，只能发《新闻内参》。

你做得对！徐华点点头，赞许地说：这就说清楚了。

至于那个三万元广告款，情况是这样的。黄海干咳了两声，他在斟酌如何表达：这几年，广都的名气渐渐大了，又是全国文明城市，又是联合国人居奖城市，全国各地兄弟报社的同行来得很猛，去年仅这一块的接待费就花了十多万。今年初，我在党委会上提议，找两家国有酒店谈谈，我们报纸为他们免费登广告，他们帮助我们接待外地客人，也不走账，互不开票。后来办公室吴主任带人去谈，做了很多工作，结果谈成了两家，一家是市政府第一招待所，主要接待外地报社部主任以下的客人；一家是国资委下属的扬子大酒店，专门接待社长总编一级的客人，每家一万五，这事是经党委会讨论过的。简单说，就是这个情况。至于我个人，没有单独去吃过一顿饭，没有报过一张餐费。这是有据可查的。

徐华一直专注地在听黄海陈述，时而点点头，时而陷入沉思。见黄海说完了，徐华动了动身子，看着黄海，目光是游移不定的。迟疑了好一阵子，徐华才开了口：老黄，还有一件事。纪委刘书记告诉我，他另外收到一封匿名信，里面就几张照片。也奇怪，这封信我没有。照片拍的是你躺着接受异性按摩的画面，下午纪委纪检一室的同志可能要与你核实。

说这话的时候，徐华的表情很复杂，既难以启齿，又觉得必须告诉黄海，好让他有个心理准备。

黄海一听说有自己接受异性按摩的照片，顿时气得脸色铁青，从椅子上蹦了起来：哪个混账拍的？我连洗浴中心的门朝哪里都不知道，哪来的照片？纯属污蔑！诬陷！

徐华连忙朝黄海摆摆手，百般同情地说：我和刘书记都认为这是不可能的事。分析来分析去，一定是在你不清醒的时候，或者喝醉了酒，别人偷拍的。你不要生气，生气正中小人下怀。好好想想，有没有在哪里喝醉了酒？

黄海怒火中烧，声音颤抖着：到报社以后，就前两天醉过一次，是工商局胡局长请我的，开始说新区万副市长要参加，后来又没来，还有报社的两个同志。那天心情不好，加上我本来就不会喝酒，几杯下去，醉得一塌糊涂，怎么从酒店回报社的，我一概不知道。

问题恐怕就出在这里！徐华站起来，亲切地劝道：下午到了纪委，你要好好辨认照片，是什么人、在什么地方？一定要把偷拍照片的把戏揭穿！

也只能这样了。黄海觉得胸口很沉，像有一块铁砧压着他喘不过气来。

你觉得谁会写这种无聊的匿名信呢？徐华突然问：会不会与佳美的事有关？

黄海神情沮丧地说：我能猜个七不离八。

徐华点点头，极力宽慰黄海：纪检一室的赵主任是个老同志，人很好，既讲原则，又很有人情味，他会实事求是处理的。你放心去吧。

黄海怔怔地望着徐华，目光中充满哀求：该说的我都说了，能不能不去纪委？

徐华知道黄海的心思，充满怜爱地看着他：我理解你的心情，但是纪委处理信访件的程序还要遵守，纪律面前人人平等嘛。再说，早一天查清问题，早一天作出结论，对你也是一件好事。你说呢？

话说到这个份上，黄海不好再说什么。他喉结打了个滚，面无表情地望着窗外，脑子里一片混沌。

4

十一点半，市妇联马副主席与安静准时在佳美超市门口碰了面。安静带了一名记者，马副主席带了一名工作人员，四人商量了一下，直接上了二楼，一起往员工下班通道走。

迎面走来两个穿制服的保安，拦住马副主席和安静四人，生硬地说：那边不能去！

安静连忙上前介绍说：这是市妇联马副主席，我是报社的，我们来看看员工下班的情况。

这个不能看！小个子保安一边说，一边摊开两手赶人。

我老公的军营我都可以随便转悠，难道这里是军事禁区不成？！马副主席双目圆睁，声如洪钟，吓得小个子保安倒退了一步。

大个子保安不甘示弱，上前一步指着马副主席的鼻子说：不能看就是不能看，你想怎么样？

马副主席大吼一声：把你的爪子放下！

大个子保安吃了一惊，下意识地垂下了手臂。

安静见状，上前一步，面对大个子保安，耐心地解释说：市妇联有这个权力，也有这个责任为佳美女员工说话办事，不给看没有道理!

大个子保安贼着小眼睛,四下瞧瞧,然后把小个子保安拉到一边耳语,小个子保安点点头,一溜烟地跑了。

马副主席看看手腕上的表,十二点快到了。她对安静说:我们就在这里等。

大个子保安也不说话,焦急地朝楼梯口张望着。

大约过了十几分钟,小个子保安带来了两位公安民警。年长一点的民警走到马副主席面前,冷冷地问:怎么回事?

马副主席气得火冒三丈,指着大个子保安的鼻子吼道:你吃了豹子胆了,敢报警?!你不让警察把我们带走,就不是你妈生的!

安静把两位民警请到一边,详细地说明了情况。年长的民警面带微笑走到马副主席面前,抱歉地说:误会,误会,对不起啊!说着,朝随行的民警挥挥手:我们走!

员工们陆续经过下班通道,两个监管模样的人在严密监视着男女员工自己掏口袋,员工的脸上堆满愁云,一副无可奈何的样子。

马副主席看在眼里,痛在心里。她对安静说:我看佳美的负责人是不见棺材不掉泪!

真是不得人心!安静拉着马副主席的手,默默地站着。

四人怜惜地目送着一个个员工无奈地从下班通道离去。

午饭后，猴子正在传达室打瞌睡，突然，手机响了，一看号码，是老同学刘思维打来的。猴子头一扭，任凭手机响着，就是不接。

手机很有耐心地响个不停，猴子实在憋不住了，拿起手机，摁下接听键，冷冷地问：谁啊？

老同学，我是思维呀。手机里传出刘思维的笑声：大水冲了龙王庙，一家人不认一家了。

我们是一家人吗？猴子的话不冷不热。

生我的气了？刘思维认真地说，看了这两天的报纸，我大胆地预测了一下，佳美坚持不住了，说不定还会处理那个钱大都，影响太大了，总部不会轻饶他的。

那又能怎么样？猴子反问。

他要是滚蛋了，我立马把那段监控录像给你。刘思维的声音比刚才低了八度：你要理解我呀！

好啊，没事了吧？猴子不想再说了。

没事了。

刘思维话一出口，猴子便果断地挂了手机。

猴子的瞌睡被刘思维的电话给搅了，一点睡意也没有。他漫不经心地翻着报纸，心里始终觉得对不起武卫东。明明知道那段监控录像还在，不但不能声张，还要装得一副不知情的样子，这不是小人是什么？十足的小人、伪君子！猴子在心里骂自己。

对刘思维，猴子也恨过，也骂过，但毕竟同学一场，凡事不能强人所难。猴子一次次地问自己，如果我是刘思维，会毫不犹豫地把那段监控录像拿出来吗？猴子纠结了，无解了。他心里明白，回答这个问题太难了！他找不到明确的答案。

大约过了半个多小时，猴子的手机又响了，还是刘思维打来的。猴子觉得奇怪，摁下了接听键，但没有说话。

老同学，听到了吗？刘思维口气神秘地说：我在出租车上，上了长江路了，马上就到报社，你出来一下。

猴子挂了手机，朝门外望望，慢悠悠地出了大门。

刘思维下了出租车，手上拎着一只塑料袋，大步流星地迎着猴子走过来，边走边招手：老同学，我有重要的事跟你说。

猴子望着满面春风的刘思维，讽刺道：升官了？发财了？

让你说中了！刘思维的嘴角差点翘到耳根，他噘起嘴巴凑到猴子耳边，得意地说：刚刚，钱大都找我谈了，要提拔我当监控室主任，你说是不是升官了？

猴子用不屑一顾的眼光瞟了刘思维一眼：钱大都是要封你的嘴，你不明白？

也不能这么说。刘思维争辩说：就我的能力水平，也不是不能做这个主任。

那我恭喜你了！猴子的话很冷，刘思维听了很尴尬。

单位分的，咱俩一人一半。刘思维把手中的塑料袋塞到猴子手里。

猴子很不情愿地接过来：什么东西？

苹果。刘思维解释说，进口的。

猴子没有一句感谢的话，他上下打量着刘思维，像看一个陌生人。

刘思维有些心虚地说：老同学，我知道你要说什么，但你要替我想想，我家里穷，这你是知道的，从小到大，都是父母挣钱供我花，现在我工作了，就想多挣些钱孝敬父母。你千万要理解我啊！

猴子也不看刘思维，像问路人：当官了，每月增加多少钱？

二三百块总是有的。刘思维有些兴奋：对我来说就是及时雨啊！所以，监控录像的事，从今往后你就不要再提了。就当我没说过。行吗？

刘思维歪着头，等着猴子回答。

猴子的脸憋得通红，嘴唇抿得紧紧的。

我求求你了！刘思维苦苦哀求道：你不答应，我就给你跪下！

猴子见刘思维扭着身子真要给他下跪，连忙咬着牙说：我答应你！

谢谢谢谢！刘思维直起身子，脸上有了喜色。

你走吧！猴子很平静，像什么事也没有发生似的。

再见再见！刘思维如释重负，像凯旋的士兵，昂首挺胸地朝猴子挥挥手，匆匆离去。

猴子毫无表情地望着刘思维的背影，发了一阵子呆。

他默默地走到路边的一只果壳箱旁，手一扬，把刘思维送给他的苹果扔了进去，像随手扔掉一袋垃圾。

<h1 align="center">6</h1>

下午两点，黄海打电话给安静，说下午有点事，要出去，可能晚饭后回来。安静把陪同市妇联马副主席去佳美遭遇报警的事向黄海作了汇报，建议明天以新闻特写的形式公开报道，黄海表示同意，并让她转告孔小泉，去省城采访省总工会、省妇联、省劳动和社会保障厅的稿子作为主消息，写好了传到稿库里，等他回来看。

黄海在市级机关大院门口下了车，让司机回了报社。他先去了机关门诊部拿安眠药。按规定，医生只给他开了十粒安定。黄海拿了药，低着头绷着脸往不远处的市纪委大楼走去。

市纪委纪检一室在六楼。黄海没有乘电梯，他悄悄地转到人行楼道，一层一层地往上爬。爬到四楼的时候，黄海的两条腿胀鼓鼓的，僵硬得不听使唤。他借着楼梯扶手一级台阶一级台阶地挪到五楼，喘得上气不接下气。黄海突然觉得头昏目眩，整个人像要飘起来一样。他捂着胸口，一屁股坐在冰冷的台阶上，大口大口地喘着粗气。

为什么不乘电梯？为什么要自找苦吃爬楼梯？黄海在心里一遍遍地追问：是虚荣还是胆怯？你的自信心到哪里去了？如果问

心无愧，为什么竟这样难以释怀？他又想到最有可能写匿名信的那个人。为什么要这么做？仅仅是报复还是另有他图？

难道一两封匿名信就把你打倒了吗？黄海在心里反复问自己。不能，绝对不能！你是穿过军装的人，要振作起来，要拿得起放得下，要像个男子汉，不能让纪委的同志小瞧了！想到这里，黄海吃力地站起来，整整衣服，捋捋头发，恍恍惚惚地向五楼的电梯口走去。

离开市纪委纪检一室的时候，已经过了晚饭时间。黄海又冷又饿，浑身像打摆子一样难受。

他左顾右盼地来到一楼的卫生间，先到里间撒了一泡憋得太久的尿，然后到外间洗手。他打开水龙头，让清冷的水对着手心手背猛冲，顿时感到一阵透心的凉。可能觉得不过瘾，他一低头，让水龙头对着脑袋又是一阵猛冲。痛快，从未有过的痛快。他甚至想就这样低着头，让自来水一直冲下去，也许能冲走一切烦恼，冲走一切烦心的人和事。

洗脸盆里的水满了，溢到地砖上，发出叭叭的响声。

黄海关掉水龙头，抬起头，撸了撸脸上的水珠，长长地呼出了一口气。一睁眼，眼前镜子里的那张脸让他吃了一惊：蜡黄的脸阴沉得让人害怕，湿漉漉的头发贴着头皮，每一根发梢都在往下滴水，活脱脱的一只落水狗的形象。对！就是鲁迅笔下的那只落水狗，被人打落水中，然后拼命爬上岸，抖抖毛发，一副摇尾乞怜的样子。

我是落水狗吗？黄海盯着镜子看。他想到，这一切都是由那封匿名信引起的，写信的人现在可能正在窃窃私笑呢。太无耻，太卑鄙了！

黄海两手撑在洗脸盆边沿上，看着镜子发呆。他想到了部队老首长老战友，想到了报社朝夕相处的同事，想到了夫人刘医生，想到了正在部队服役的儿子。他们要是知道了匿名信的内容，特别是那几张接受异性按摩的照片，会怎样看待这件事？他们会不会像常人那样认为无风不起浪呢？我怎么向他们解释？我能说得清楚吗？从古到今，人言可畏啊！

一世英名，难道就毁在一封匿名信和那几张莫名其妙的照片上？不行！我要证明给大家看，我黄海不是这样的人，我是清白的，我是冤枉的！

怎么证明？黄海在心里设计了一个又一个方案，甚至想到一死了之，但都被他否定了。

黄海的手伸到裤袋里找纸巾擦手，摸到机关门诊部开的安定，心头忽然一热：关键时刻怎么忘了老朋友了呢？安定是个好东西，吞下几十粒躺下睡一觉，一切问题不就解决了吗？就这么干！想想机关门诊部开的十粒太少，不能解决问题，他决定到民营医院再开几十粒。

出了机关大院，黄海找到一家几个退休医生开的小诊所，好说歹说，只给他开了十粒安定。黄海拿着装安定的小瓶子，无可奈何地离开了。

黄海心里像堵了一团乱麻，理不出头绪。他决定走走路，散散心。往哪儿去呢？漫无目标。

　　走着走着，黄海走到老城区的街巷里了。一式的青砖小瓦，一式的马头墙，一下子让黄海有了穿越历史的纵深感。挤过一人巷，穿过两人巷，七拐八弯，他感觉像进了迷宫一样，不知道哪里是进口哪里是出口。但他觉得这样走走挺好，就像一个人，不能太清醒了，要像一首歌里唱的，留一分清醒留一分醉。

　　黄海在小巷里慢悠悠地转着。他的眼前，市纪委纪检一室赵主任的影子挥之不去。这个赵主任真是太神了，竟然能从那几张照片上分析出我醉酒的地方。黄海在心里责备自己太窝囊，太没有智慧了，怎么就没看出照片下方左右两边隐隐约约的六个字呢？一边是"皆自得"，一边是"与尘远"，分明是一副对联的下半句，不就是皇宫大酒店玫瑰厅里的那副对联"万物静观皆自得，心同野鹤与尘远"吗？就是那天喝醉的，那张长沙发是真皮的，就放在那副对联下面。一起吃饭的还有周子富、胡蝶，是他们把我弄回报社的。赵主任记下了胡蝶和周子富的姓名和职务，始终笑眯眯的，让你觉得如同老朋友聊天一样，慢慢你就放松了，说话也流畅了。黄海又埋怨自己太不理智，太不老练，一定给赵主任留下了不好的印象，起码不是一个顶天立地的男子汉形象。

　　正在胡乱地想着，黄海听见身后有人喊"大哥"。他本能地回过头去，只见路边有一家休闲中心，门口站着一个穿着花俏的年轻女子，正在向他频频招手。他停下脚步，转转头，耸耸肩，觉得浑身酸疼。一定是太累了，太紧张了，何不进去开开眼、放松放松？但转眼间他又想到，这样的地方能去吗？过去你可从来没有踏进休闲场所一步。现在怎么啦？黄海心里很矛盾。

休闲中心门口的那个年轻女子已经走到黄海身边，双手拉着黄海的胳膊，鼓动说，松松筋骨，对身体有好处。黄海左右看看，心一横：别人去得，我为什么去不得？就任由那个年轻女子拽着往休闲中心走。

黄海跟着那个年轻女子进了门，那女子招呼黄海往二楼上走，边走边说：刚来了个小丫头，嫩着呢，给你按按？

黄海也不作声，跟着上了楼，进了一间灯光朦胧的小包厢，里面靠墙角放了一张单人小床，一只床头柜，白床单，白被子，床头对面墙上挂着一只小电视机。黄海神色慌张地扫了一眼，不安地在床沿上坐下。

一会，一个女子推门进来，甜甜地叫了一声"大哥"。黄海抬头一看，二十岁左右，个子很高，皮肤白得像雪，穿一身黑色吊带裙，留着披肩长发，瓜子脸，大眼睛，前胸袒露，乳房丰满，乳沟由浅入深。不知怎的，黄海的心突然扑通扑通地乱跳起来，不自在地挪了挪身子。没等黄海说话，那女的便关了门，挨着黄海坐下，一股不太好闻的香水味直往黄海鼻子里钻。

大哥，好想你哟。那女子一边说一边就用手臂来勾黄海的脖子。

黄海的头猛地往旁边一闪，严肃地说：就做个足疗。

226

有好多项目哩，可舒服了。那女子往黄海身边靠了靠，一只手在黄海的大腿上搓揉着。

黄海厌恶地朝那女子望了望：会做足疗吗？

突然，那女的把手往黄海裤裆里一伸，嗲嗲地说：我想做这个！

干什么?! 黄海大喝一声，猛地抓住女子的那只手，用力往旁边一甩，瞪眼骂道：骚货！什么玩意！说着，腾地站了起来，走过去猛地拉开门，顺手又"砰"的一声把门带上，然后噔噔噔地下了楼，像逃命似的奔出了休闲中心。

不知什么时候，天下起了毛毛雨。

黄海仍在老街上慢腾腾地走着，任凭冰冷的雨丝洒在脸上，流到脖子里。他觉得这雨来得正是时候，最好再大一点，下个倾盆大雨才好，这样好在雨里洗个头，洗个澡，把整个身子里里外外都洗一洗，最好把五脏六腑也掏出来洗个干净，这不就超凡脱俗了吗？

黄海仰头看了看天，天空黑沉沉的像一口倒扣的大锅，随意飘洒的雨丝在路灯的照耀下翩翩起舞。在黄海看来，那舞姿有点乱，有点放肆。他心想，人要像这雨丝就好了，自由自在的，想怎么舞就怎么舞，没有人指手画脚，没有人说三道四，遇到多情的诗人还会赞美一番，这多好啊！

黄海走到护城河边，沿着石板路无精打采地往前挪着步子。他的头不时地撞在路边柳树的枝条上，头发全湿了，水珠顺着发梢往下滴。此时的黄海已是饥寒交迫，但他没有马上就去吃饭的意思。他在一遍遍地回忆徐华和纪委赵主任与他的谈话。

前面是一座横跨护城河的桥，桥下黑乎乎的，寒气袭人。黄海站在桥下，听着桥上汽车碾过时轰隆隆的声响，像天上的雷由远而近，又由近而远。他突然觉得，这里既可躲雨，又闹中取静，是个想事的好地方。他在桥下找到一块不大的石头，搬到石板路旁，然后面对护城河坐了下来。他走累了，想歇一歇，也想再好好理一下杂乱无章的思绪。

护城河水在小桥轮廓灯的映照下，像一条多彩的绸缎不停地抖动着，水面上柔和的光亮让人觉得既养眼又舒心。

黄海望着桥下的水发呆，眼前这涌涌逝水，从何而来，又奔向何方？

黄海想到了老子。老子说过：上善若水，水善利万物而不争。处众人之所恶，故几于道。这水从高处往低处走，涓涓细流，最终汇入大海，这就是水的高明，水的智慧。可人就不一样了，人总是拼命往高处走，不论走得通走不通，不撞南墙不回头。是人性使然？是名利使然？何苦呢？何不向水学习，遇到障碍绕着走，一直欢快向前！

仁者乐山，智者乐水。人一到水边，怎就突然变得清醒了许多、理智了许多？黄海很快想到了自己，何不像水一样，悄然无声地流向远方，流到那无人知晓的地方去？对啊！我不能再干了，我应该听从夫人的劝告，及早主动要求提前退养，过一种隐居的生活，永远消失在人们的视线中。那样，压力和烦恼没有了，人言可畏的恐惧也没有了，落得一身轻松，何乐而不为呢？

黄海越想越兴奋，像注入了强心剂似的，顿时觉得浑身有了力气。他站起来，掏出小诊所给的装安定的小瓶子，用力扔到护城河里。白色塑料瓶子浮在水面上，随着水流东倒西歪地漂走了，一会便消失在黄海的视线中。

黄海举起双臂，痛痛快快地伸了个懒腰，脸上露出一丝笑意。他搬起刚刚坐热的那块石头，用力往河中掷去，"轰"的一声，石头坠入河中，溅起的水花散落到河面上，霹里啪啦的，好似一串鞭炮在响。黄海用力拍拍手，像是为自己刚才的决心鼓掌。

他确实很饿了，肚子一遍遍地在叫，两条腿软软的有些迈不开步子。

黄海决定吃饭去。他折回老街上，找了一家干净的小饭店，点了四个菜：一碟红烧肉，一碟西芹炒百合，一小盆大煮干丝，一小碗老鸡汤，另加一碗广都阳春面。

店主一个劲地说多了多了，肯定吃不完。

黄海手一挥，大声说道：今儿高兴，吃！

店主觉得好奇，倚在黄海身后的吧台上，憨厚地看着他吃。

黄海打着饱嗝上了出租车，坐在副驾驶位上。一路上，他主动与司机聊天。

黄海问：师傅，你开了多少年车子了？

二十年了。司机回答得轻描淡写。

觉得厌烦过吗？

为什么厌烦？司机扭头好奇地看了看黄海：我就是开车的命。

你相信命？

我不相信命。司机回答得很坚决。一会又说：我认命。

不相信命？认命？黄海不说话了，一直在琢磨这两句话的玄机。

雨停了。黄海让司机把他送到张师傅的报刊亭旁边下了车。

张师傅，晚上看摊子了？黄海热情地打着招呼。

老婆病了。张师傅一边回黄海的话，一边盯着黄海的脸看：黄总，你病了？

黄海摸摸脸，自我解嘲道：人老了，不比年轻的时候了。

要注意身体。张师傅叮嘱黄海：你是老总，不容易啊。

黄海在寻找自家的报纸，目光在报摊上扫了几个来回，还是没有发现。他不安地问张师傅：我们的报纸呢？卖光了？

是啊是啊！张师傅开心地告诉黄海：你们的报纸可好卖了，一大早就卖脱了。我正纳闷呢。

卖掉就好，卖掉就好。黄海高兴地与张师傅打着招呼：辛苦你了！

一定是批评佳美的稿子吸引读者眼球了。黄海心里想着，满心欢喜地沿着长江路向南走去。

回到报社，黄海打电话给孔小泉，问稿子写得怎样了。

孔小泉说：就好了，就好了！

辛苦了。黄海关照说：我休息一会，十一点你来叫我。

好咧！孔小泉拉着长音应着。

黄海反锁了门，倒了一杯水，从口袋里掏出机关门诊部开的安定。他拆开纸包抖出两粒托在手心里，眯着眼看着。真是个好东西。黄海这样想着，麻利地将安定送入口中，然后喝了一口水，一仰头，咕噜一声，像一个美妙的音符。黄海听得很悦耳，也很满意。

他真的累了，躺下一会，便发出轻微的鼾声。

十一点，孔小泉准时敲响了黄海办公室的门，可怎么敲也没人应答。

社长太辛苦了，一定是睡得太踏实了。再等等吧，反正离截稿时间还早呢。孔小泉这样想着，又折回去继续修改他的文章。

十一点半，安静拿着稿子来找黄海，见门锁着，便敲起门来，开始用指头敲，后来又用拳头敲，咚咚咚的响声在过道里回响。

孔小泉从八楼上来，见安静在敲门，赶紧解释：社长在里面睡觉呢，他让我十一点叫他，我想让他多睡会。

安静看看手表，迟疑了一会：那十二点我再来。

好，十二点我会准时叫他。孔小泉肯定地说。

十二点到了，孔小泉一遍遍地敲门，可里面一点动静也没有。怎么睡得这么沉？会不会有什么意外？孔小泉不敢往下想。见安静来了，他神色慌张地说：怎么敲也不应，会不会？……

安静想了想，说：快打电话给值夜班的管理员，他们有钥匙，

231

请他们来开门。

好，我去办公室找号码。孔小泉转身下了楼。

一会，管理员来了，在一串钥匙里面找出一把，插入门锁，咔嚓一声，门开了。

办公室里黑乎乎的，安静、孔小泉焦急地朝休息室里喊：社长，社长！

见没人应答，二人慌了，三步并作两步冲进里间休息室，打开台灯，见黄海平躺在床上，一副安然的样子。

安静走过去，轻轻地喊了两声社长，黄海一动也没动。

孔小泉小心翼翼地俯下身子，听到黄海均匀的呼吸声，才放心地直起腰，怜悯地说：怎么睡得这么沉呢？

安静松了一口气：没事就好。

黄海这一觉一直睡到凌晨一点，还是安静、孔小泉硬把他推醒的，因为要他审签日报的大样。

黄海起来后，睡眼惺忪地审看着日报的头版二版大样，安静和孔小泉在一旁等待。

头版二条是一则消息，全文刊登了吴一平市长的批示，肩题是：吴一平市长对佳美侵权一事作出重要批示，主标题是：任何侵犯员工合法权益的做法都是错误的。二版有孔小泉去省城采访省总工会、省妇联、省劳动和社会保障厅的消息，标题是：省三部门集体发声：佳美错了！二版还有安静写的现场见闻，把妇联马副主席在佳美遭遇报警的经过写得活龙活现，让人如临其境。

黄海不停地揉着眼睛，打着呵欠，草草地看完大样，便拿起笔龙飞凤舞地签了名。他把大样递给安静，强打精神说：文章写得好，版面安排也好。

安静看到黄海一副反常的神情，心疼地提醒说：社长，你一定要注意身体，值完这次夜班，以后就不要值了。

可能觉得自己的话分量不够，安静又补充说：徐部长早就不让你值夜班了。

我会考虑的。黄海看看安静，又看看孔小泉：你们都能独当一面了。说着，又长长地打了个呵欠。

安静、孔小泉对视了一下，又不约而同地看着黄海，欲言又止。

黄海的呵欠一个接着一个，一边往里间休息室走，一边喃喃道：困了，我睡了。

第九章

1

　　第二天上午，市纪委纪检一室的赵主任约谈了周子富，周子富证实那两个按摩女是胡蝶安排的，但黄海接受异性按摩的照片他表示不知情。赵主任又带人到广都看守所询问了胡蝶，胡蝶只承认按摩女是她找的，但照片的事她推得一干二净。

　　根据胡蝶提供的线索，赵主任又带人到皇宫歌舞厅去找那两个按摩女，领班看了看照片，说这两个人昨天已经辞职了，不知去向，也没法联系。事后，赵主任分别向纪委刘书记和徐华部长作了汇报。他认为，线索虽然断了，但有一点是肯定的：黄海接受异性按摩的事不成立。根据刘书记的指示，赵主任着手起草初步调查核实报告，报批后，有关黄海匿名信的核查工作就结束了。

　　周子富一离开纪委，就通过市公安局的关系，约定中午去广都看守所看望胡蝶，并拜托公安局的人，对胡蝶不要说出他的姓名，就说家里来人看她。

周子富是乘公交车去看守所的。一路上，胡蝶的影子在他眼前晃个不停。出发前，周子富从办公桌底层抽屉里翻出一个小本子，那上面清清楚楚地记着胡蝶给他的每一笔钱。这两年，他一共收了胡蝶十几个红包，少的一二千元，多的五六千元，加上永昌老同学这一笔，胡蝶一次就给了他两万元提成，全部加在一起有五万多了。不算不知道，一算吓一跳。面对这个数字，周子富惊出一身冷汗。他心里清楚，如果按受贿论处，这个数字肯定是要坐牢的！现在说什么都晚了，唯一能救他的只有胡蝶。只要她不提起这件事，自己就算躲过这一劫了。否则……周子富不敢往下想。

她会跟纪委提起红包的事吗？如果已经把自己供出来了，纪委为什么只字未提？要不要作最坏的打算？见了面怎么向胡蝶开口？周子富胡思乱想了一路，脑子里一团乱麻。

看守所很给周子富面子，安排他与胡蝶单独见面。

周子富焦急不安地在探视室里走来走去。这是一间正方形的大房间，中间砌了一道齐腰的短墙，把屋子分割成两半。短墙上面用钢化玻璃密封，钢化玻璃里面是密密的不锈钢栏杆，钢化玻璃上从左到右标着"1"至"6"六个号码，每个号码下面摆放着一部电话机，对应着号码，里面也放着一部电话，这是供探视时双方通话用的。每个号码下面里外都有一张塑料高脚凳，在号码与号码之间，又用蓝色的挡板隔着，这是为减少通话时的相互干扰而设置的。透过钢化玻璃，可以看到里间迎面墙上挂着一只圆圆的电子大钟，大钟两旁贴着探视规定和温情提醒，大钟下面有一张方桌，桌子中央有两台背靠背的电脑，电脑前面各有一把木椅，左边靠墙有一道铁门，门的上半部有铁栏杆，透过铁栏杆可以看到看守所的大院。犯罪嫌疑人都是经过这道铁门进入探视室的。

正当周子富惴惴不安的时候，一名女狱警带着胡蝶出现在铁门外面。周子富屏着呼吸，脸贴着钢化玻璃，眼睛一眨不眨地盯着胡蝶。

铁门开了，胡蝶进来了。她脸色煞白，眼泡鼓着，头发乱糟糟的，上身穿了一件灰色衬衫，外加一件印有号码的蓝色背心，下身穿一条紧身的牛仔裤，脚穿一双圆口布鞋。

胡蝶走得很慢，目光在寻找探视她的人。

是周子富！胡蝶神经质地掉头就回。她拉开铁门，瞬间便消失在周子富的视线中。

周子富明知胡蝶听不见他的声音，还是大声喊着：胡蝶，胡蝶！……

周子富急得团团转。他没有想到胡蝶会不见自己，幸好看守所没有把真实姓名告诉她，不然，胡蝶恐怕都不会出来。

这个胡蝶，怎能这样绝情呢？难道不见面就能减轻你的罪过？就能抹掉过去的一切？

周子富失望了，甚至有些绝望，内心又气又急，一步一回头地朝门口走去。

突然，女狱警又把那扇铁门推开了。周子富想，要是胡蝶出来多好啊！不可能了！她的性格就是这样，不撞南墙不回头。

他下意识地回头望着。

是胡蝶！她又出来了！

周子富的心一阵狂跳，慌忙折回来，抓起话筒，看着里面缓缓走过来的胡蝶，一声高过一声地喊着：胡蝶，胡蝶，你过来，过来！

周子富怕胡蝶再次离开，一遍遍地喊着胡蝶的名字，声音是痛苦的，嘶哑的。

胡蝶目光呆滞，行动迟缓，从铁门到窗口不过十几步，她一步一顿地足足走了五六分钟。

周子富的心快提到喉咙口了。对他来说，每一秒都是那样的漫长，胡蝶的每一步都像踩在他的心尖上，让他觉得既压抑又疼痛。他一遍遍地喊着胡蝶的名字，生怕停下来胡蝶会突然消失。

胡蝶目不转睛地看着周子富，虽然听不见他的呼喊，但她看得出，她曾经爱过的那个男人的表情是真诚的，发自内心的。

走到周子富对面，胡蝶已是泪流满面。她哽咽着拿起电话，话筒里传出周子富急促的声音：你好吗？在里面吃得饱吗？睡得好吗？还需要什么？

胡蝶抽泣着，一句话也说不出来。

周子富双手握着话筒，渐渐恢复了平静。他轻轻地对胡蝶说：

我们说说话好吗？

胡蝶看着周子富，泪眼婆娑，断断续续地说：我，对不起……报社，对不起……领导。说着，又低下头痛苦地抽泣着。

周子富连忙宽慰说：不能全怪你，我是分管广告部的，我也有责任！

胡蝶抬起头，带着哭腔说：不要安慰我了，我不会原谅自己的！

都是钱大都那个混蛋把你害的！周子富显得很激动，一副义愤填膺的样子：那是个地地道道的小人！

我不怪他。胡蝶抹抹眼角，低下眉说：我太贪心了，太糊涂了，我活该！

何苦呢？事到如今，应该向前看，以后的路还很长，身体要紧。俗话说，留得青山在，不怕没柴烧。周子富尽力劝说着。

胡蝶似是而非地点了点头。

周子富打量着胡蝶，一副悲天悯人的口吻：你一出来，我就看你瘦了一圈，不像以前，天天朝气蓬勃的……周子富哽咽着说不出话来。

胡蝶深情地看着周子富，反过来劝道：此一时，彼一时。又说：你不该来看我，过去的就让它永远过去！

周子富清清嗓子，一脸痛苦：可以过去，但不会忘记！

胡蝶伸手摸着周子富贴在钢化玻璃上的半个脸，柔柔地说：我想问你一句话。

周子富的脸紧紧贴在钢化玻璃上，眼睛睁得大大的：你问吧。

胡蝶眼巴巴地看着周子富，神情忧郁，迟迟疑疑地说：你会以为，我是个随随便便的女人吗？

周子富转过脸来，正色道：怎么会呢！

我就跟你好过。胡蝶含情脉脉地看着周子富。

周子富使劲地点着头。

我也想问你一个事。周子富看着胡蝶，显得犹犹豫豫。

你尽管问。胡蝶一脸坦率。

周子富盯着胡蝶，迟疑了一会才开了口：匿名信里那几张照片是你拍的？

胡蝶愣了一下，低下头：是我拍的。

周子富睁大了眼睛，大惑不解：这是为什么？

胡蝶换了一只手握住话筒：别问了，我也说不清。

你就那么仇恨黄海？

谈不上仇恨。胡蝶仍然耿耿于怀：他堵了我的财路。

你要那么多钱干什么？周子富带着责备的口吻：不值得啊！

我也不知道。胡蝶茫然地抬起头，重重地叹了口气：一切都晚了。

还有。周子富干咳了一声，明知屋里没有外人，还是不由自主地朝左右望了望：你在纪委有没有谈到我们之间的事？包括你给我的那些钱？

胡蝶惊讶地看着周子富，愣了好一阵子：你来就为了问我这个？

见周子富无言以对，胡蝶轻蔑地看了看周子富：放心吧，不会连累你的。

我只是随便问问。周子富松了一口气，言不由衷地掩饰着。

你去吧。周子富的话显然让胡蝶很伤心。她没有想到，周子富竟是这样一个明哲保身、胆小怕事的男人。她打着哈欠说：以后不要来了。

周子富脸上的肌肉痛苦地抽搐了一下。

走吧。胡蝶一脸茫然地放下话筒，朝周子富抬了抬手。

周子富尴尬地"嗯"了一声，喉结打了个滚，慢慢放下话筒，一步一顿地朝门口退去。

胡蝶蹙着眉，流着泪，一脸失望地看着周子富。

周子富默默地向门口退去。

周子富快退到门口的时候，胡蝶好像突然想起什么，着急地朝周子富招手，周子富连忙奔回来，重新抓起话筒。

胡蝶慢慢拿起话筒，好像抓起一只千斤铁锤。她嘴唇颤抖着，话未出口，眼泪先下来了：你……还会再来吗？……有空一定要来看我啊！

周子富的呼吸顿时急促起来，鼻子酸酸的。他似乎一下子明白了胡蝶此刻的心情，像宣誓似的表了态：一定！一定！我一定会再来看你的！

胡蝶"嗯"了一声，不停地点着头，依依不舍地放下话筒，眼泪像断了线的珠子直往下滚。

周子富的眼睛红红的，两只手紧紧地攥住话筒。

胡蝶面朝周子富，一步一停地向那道铁门退去。

周子富流着泪，使劲地朝胡蝶挥着手。

胡蝶突然一转身，双手捂着脸，冲向那道铁门，一转眼便消失在周子富的视线中。

周子富的整个脸都挤压在钢化玻璃上，两眼盯着那道铁门，痛苦地喊着胡蝶的名字。他想再看一眼胡蝶，但看到的只是空荡荡的院子和远处的高墙。

2

黄海一觉睡到上午八点多才懒洋洋地起了床。他打电话到传达室要报纸，电话是猴子接的，一会，猴子抱着一堆报纸送到黄海办公室。黄海拿起《广都日报》放到鼻子底下，一边轻轻嗅着，一边有气无力地问猴子：这两天见到卫东了？

猴子一脸得意地回答说：约好了，今天午饭后一起去钓鱼。

黄海放下报纸，关心地问：你值的夜班？

是的，我白天休息。

你告诉卫东，让他明天到我办公室来一下。

猴子脸上露出笑容，估计卫东快上班了，高兴地说：知道了。

猴子见黄海不想多说话，便礼貌地退到门口，轻轻掩上门，走了。

黄海早饭也没有吃，无精打采地蜷缩在椅子上，背对着门，双手搭在椅背上，两眼盯着那幅《春耕图》发呆。

不知什么时候，吴天学进来了。他看到那盆吊兰干得软下了身子，便回办公室端来一盆水，让吊兰痛痛快快地喝了个饱。他把盆子送回去，又回来站到黄海身后，黄海竟一点也没觉察。

吴天学轻轻地咳了一声，黄海转过身来。吴天学看到黄海脸色蜡黄，胡子拉碴的，一副病态，便担心地问：社长你不舒服？

没事。黄海的声音很飘。

吴天学见黄海说话的力气都没有了，一阵惊慌：你生病了？

黄海痛苦地摸摸额头，喘着气说：昨晚淋雨了，胃疼，还有点发烧。

吴天学催促说：去门诊部看看吧？

不用，吃过药了。黄海摆摆手，声音小得只有他自己听见。

吴天学见黄海执意不去看病，也不勉强，便把一直拿在手里的一张纸放在黄海办公桌上，汇报说：这是吴一平市长对我们报道的批示，昨天下午传过来的。部里的同志说你已经看过了，所以就没有急着送过来。

黄海吃力地点了点头。

吴天学看看黄海，有些不放心：有什么事你叫我。

黄海抬了抬手，闭上眼睛，头靠在椅背上，表情显得痛苦不堪。

黄海一上午都在床上躺着，浑身像散了架似的，几次想爬起来，但都没有成功。中午的时候，吴天学叫食堂做了鸡蛋菜面端到黄海床头，可黄海一口也没有吃。

午饭后，武卫东和猴子在城南望江村南边的水泥桥头碰了面，两人都是骑的自行车。武卫东自行车后座上绑着小板凳和鱼篓，车把上吊着一只大布袋，里面装着可伸缩鱼竿、鱼饵和矿泉水。

猴子一见武卫东就高兴地说：武哥，你要上班了！

你怎么知道的？武卫东有些不相信。

告诉你有什么奖励？猴子一脸神秘。

武卫东歪着头看着猴子，想了想：奖励你一瓶矿泉水，可以说了吗？

好！猴子满脸笑容：早上我给黄社长送报纸，他让我告诉你，明天到他办公室去一下。这不说明你要上班了吗？

应该是！武卫东挎上自行车，得意地说：钓鱼去，晚上咱兄弟俩好好喝两杯。

一言为定！猴子跃上自行车，使劲地蹬了两脚，追赶着武卫东。两人一前一后朝半月湖奔去。

初秋的中午，秋老虎的余威还没有完全退去，太阳灼在脸上，仍然让人觉得燥热难耐。在阳光直射下，半月湖银光闪烁。环湖的水杉树像忠诚的哨兵静静地伫立着，树叶懒洋洋的一动不动。不知名的鸟儿，一会贴着湖面飞翔，一会又直冲蓝天，偶尔传来几声欢快的叫声。

武卫东坐在小板凳上，抬头望着远去的飞鸟，自言自语：能像鸟儿一样自由自在的多好啊。

猴子一边摆弄着鱼竿，一边安慰武卫东：马上就上班了，自由了！

武卫东呵呵一笑：钓鱼吧，别耽误了大好时光。

武卫东把小板凳递给猴子，猴子不要。武卫东亲切地说：我身体结实，你站着钓肯定吃不消，还是坐着吧。

猴子见武卫东拿起鱼竿往他右手边走，便跟过去给武卫东递了一支烟，然后才折回来坐在小板凳上专心致志地钓起鱼来。

武卫东好像心思很重，一支烟抽完了，便放下鱼竿，从大布袋里摸出一瓶矿泉水送给猴子，猴子接过来，开玩笑说：你这是小猫钓鱼啊！

武卫东望着湖面，神情凝重。他伸手对猴子说：再来一支。猴子连忙掏出烟，抽出一根递给武卫东，武卫东自己摸出打火机点了，狠狠地吸了一口，然后闭上嘴。那烟像被他吃下去一样，一直没有出来。大约过了十几秒，武卫东才重重地喷出那口烟，烟雾像冲出围栏的羊羔，转着圈儿，匆匆忙忙地四处奔跑。

武卫东突然问猴子：按理说，我砸了佳美的柜台，他们早就该找我赔钱了，怎么到现在一点动静也没有？

猴子扭头望着武卫东，摇摇头。

武卫东又问：见过你那老同学了？

猴子最怕武卫东提这个话题，见武卫东主动问他，竟紧张得语无伦次：我找他，会找到的，肯定。

武卫东见猴子有些失态，便试探着诈他：你们一定见过面了！

没，没有，绝对没有！猴子一遍遍地辩白。

武卫东看着猴子，笑了笑：我相信你。

你应该相信我。猴子底气不足，说着就红着脸低下了头。

半月湖的形状像大写的 D，一竖的地方是堤坝，南端直通江边。武卫东和猴子在堤坝南端拐角右侧不远的地方下的钩，这里自然形成了一个臂湾，水草茂盛，浮萍密集，又背着太阳，是个不错的选择。右手边不远处，有两个十来岁的小男孩也在钓鱼，看上去并不专心，一会放下鱼竿互相追逐着，一会又坐在地上吃东西。

猴子望望那两个小男孩，嘲笑说：这两个小子哪像钓鱼的，倒像是逛公园的。

各有各的乐趣。武卫东抽着烟，不以为然。

正说着，两个小男孩一前一后下到湖里，慢慢向湖心游去，隐约能听到扑通扑通的击水声。

猴子责备说：早立过秋了，这湖水肯定很凉，不能游的。

武卫东扭头看了看，不无担忧地说：小孩是没有胆的，不晓得怕。

两人正闲谈着，湖面上突然传来急促的呼喊声：救人啊！快救人啊！

不好！出事了！武卫东拔腿就往右手边奔。

猴子在后面跟着，一边跑一边喊：武哥，小心！

武卫东像没有听见一样，发疯似的奔到两个小男孩下水的地方，扑通一声扎到水里，拼命向两个小男孩划去。

浮在上面的小男孩见有人来救了，一遍遍地喊着：在我下面，拖不动他！

武卫东呛了几口水，嘶哑着嗓子喊着：不能松手！不能松手！

小男孩吃力地拽着下面的小伙伴，脑袋一会没在水里，一会又挣扎着冒上来。武卫东好不容易折腾到小男孩身边，说了句，我来托他，便沉了下去。浮在上面的小男孩一只手拽着小伙伴，一只手拼命往岸边划，他感觉省劲多了，很快就到了岸边水浅的地方。这时，猴子跳到水里，牢牢抓住上面那个小男孩的手，使劲往岸上拽着。

溺水的小男孩得救了。猴子把他平放在一块草地上。小男孩脸色煞白，气息奄奄，肚子胀鼓鼓的，全是水。猴子手忙脚乱地解开小男孩的上衣扣子，然后抱起小男孩，先蹲下来，再弓起一条腿，成马步，将小男孩面朝上担在大腿上。小男孩的头和脚朝下，肚子挺着。猴子的腿刚晃了两下，小男孩便哇哇地开始吐水。

有救了！猴子松了一口气，抹了抹脸上的水珠。他想到，今年夏天报社组织的溺水救治办法讲座还真派上了用场，心中一阵高兴。

那个，那个叔叔呢？站在旁边的小男孩惊恐万状地四处张望着。

不好！猴子脑子一嗡，连忙放下腿上的小男孩，不顾一切地就往湖里跳：武哥！武哥！

猴子在浅水处手脚并用地寻找武卫东，水花四处飞溅。

猴子急得大声哭着喊着：武哥！你在哪里？你上来啊！

猴子不会游泳，不敢到深水区去。他发疯似的爬上岸，朝四周大声呼喊：来人啊！救命啊！

猴子声嘶力竭地喊着，四周没有一个人影。他叫天不应，叫地不灵，双膝跪在地上抱头痛哭。

这时，两个小男孩互相搀扶着走了过来。

叔叔，我们回去喊人吧？溺水的小男孩哭着说。

猴子如梦初醒，从地上爬起来：好，好，快去，快去！

我去吧，我跑得快！另一个小男孩没等猴子开口，拔腿就往堤坝上奔，嘴里喊着：那边来了辆砂石车，我去拦下，求他们送我到村里。

猴子不甘心，又跳到湖边浅水里四处搜寻武卫东，一遍遍地呼喊着：武哥，武哥，你在哪里？你上来啊！

被救的小男孩一直站在岸上抹眼泪。

大约过了一支烟的工夫，来了七八个青壮年汉子，有的骑着摩托车，有的骑着电瓶车。猴子见有人来了，嘶哑着嗓子呼喊着：快呀！求求你们了，就在那儿！

顺着猴子手指的方向，几个手脚快的青年早已放下手机，扑通扑通地扎到湖里。

一个干部模样的人走到猴子面前，紧紧地抓住他的手，激动不已：我是望江村的村委会主任，谢谢你救了我儿子！救命恩人啊！

猴子的眼睛红红的，带着哭腔哀求着：快救救我武哥啊！再晚就没救了！说着又呜呜地哭了起来。

村主任望着湖心，担忧地说：这湖水太深了。

求求你们了！猴子扑通一声跪了下来。

别，别！村主任急忙把猴子拉起来：使不得，使不得！说着，问站在岸边的几个人：还有会游泳的吗？

不太会。几个人异口同声地回答。

你们在水浅的地方再找找。

见村主任下了命令，几个人纷纷下到岸边水浅的地方，蹚着湖水搜寻着，哗哗的击水声响成一片。

猴子呆呆地望着湖面，伤心地抽泣着。

村主任亲切地问猴子：同志，忘了问了，你是哪个单位的？

经村主任一提醒，猴子这才想起来，应该给单位打电话了。他摸摸口袋，手机不知掉到什么地方了。

猴子抹抹眼泪，有气无力地说：我是报社的，手机能用一下吗？

好，好！村主任掏出手机，双手递给猴子。

猴子接过手机，抖抖索索地拨出了吴天学的手机号。

吴天学正在办公室看报纸，一看来电显示，是个不熟悉的号码，便客气地问：请问哪位？

猴子哇哇地哭了起来，说不出一句话。

吴天学觉得奇怪：你是谁啊？

我是……猴子。猴子抽泣着。

猴子？怎么哭了？吴天学呵呵一笑：有什么话好好说。

不好了，卫东……卫东……淹死了。猴子说着，又嚎啕大哭起来。

啊！怎么回事?! 吴天学惊呆了，他不敢相信自己的耳朵，反复在问：卫东怎么了?!

猴子在电话里断断续续地把武卫东救小男孩的事说了一遍。虽不连贯，但吴天学听明白了。人命关天，分秒必争。他打断了猴子的话：你在什么地方？

猴子说：在城南望江村西边的半月湖。

好，我们马上到！吴天学挂了电话，直奔黄海办公室。

黄海下午到机关门诊部吊了一瓶水，刚回办公室，正在埋头起草提前退养的请示报告，但写了几个开头都不满意。他又一次把面前的几张稿纸抓起来揉成团，正准备往纸篓里扔，吴天学神色慌张地冲了进来：不好了，出大事了！

黄海睁大了眼睛，颤抖着声音问：什么事？

吴天学惊恐万状地汇报说：武卫东，在城南的半月湖，救了一个小男孩，自己可能……可能淹死了。

啊！黄海张大了嘴，突然猛烈地干咳起来，咳得上气不接下气，满脸青筋乱跳，一只手在空中比划着，却说不出一句话。一

249

会，黄海停住咳嗽，嘴巴却鼓了起来，好像有一口痰要吐。他把攥在手上的那个纸团送到嘴边，把嘴里的东西吐在纸上，放下一看，满纸的鲜血。

吴天学看见了，一阵惊慌：送你去医院吧？半月湖那边，我去！

黄海用攥在手上的纸团擦了擦嘴角，然后丢到纸篓里。他喘着气，朝吴天学抬了抬手：安排个车，我们去半月湖！

吴天学真诚地劝道：还是我去吧，你要去医院，不能耽误。

不，我去！黄海的态度很坚决。

吴天学不再坚持，小心地请示：让安静、孔小泉一起去吧？

黄海点点头，扶着椅子艰难地站了起来。

吴天学搀扶着黄海出了门。

因为驾驶员走错了路，黄海一行赶到半月湖的时候天快黑了。武卫东的尸体刚刚打捞上来，平放在湖边的草丛中。猴子一条腿跪在地上，双手拉着武卫东的手臂，哭得昏天黑地：武哥，你醒醒！你醒醒啊！

见黄海来了，猴子哭得更伤心了：武哥啊，你跟我回去吧，说好晚上喝两杯的，你跟我回去吧！武哥！

黄海由吴天学扶着，泪眼模糊地走到武卫东身边。武卫东脸色苍白，但很平和，像熟睡了一般，白色的老头衫紧贴在身上，"广都日报社"五个鲜红的大字像从肉里长出来的一样格外醒目。

黄海缓缓地蹲下身子，伸手抹去武卫东额头上的水珠，又从口袋里掏出纸巾在武卫东脸上轻轻擦着,泪水止不住地直往下掉。

村主任主动过来,作了自我介绍。安静指指黄海向村主任介绍说:这是我们报社黄社长。

村主任含着泪把黄海扶起来,攥住黄海的手摇个不停:他是我们家的救命恩人!大恩大德啊!

黄海流着泪点了点头。

吴天学在一旁建议说:先把卫东送到广都殡仪馆吧。

黄海抬了抬手:打电话吧。

猴子跪在武卫东身边,一边哭,一边使劲捶着自己的脑袋:武哥,我对不起你啊!我欺骗了你,那个监控录像我早就找到了,我不该瞒着你啊!我该死啊!……

猴子的话,让在场的人听得目瞪口呆。

黄海愣了一下,转身对吴天学说:问问他,怎么回事?

吴天学把猴子拉到一边,详细了解了监控录像的情况,并向黄海作了汇报。黄海随即拨通了市公安局王局长的电话,说钱大都调戏叶美丽的证据找到了,现场监控录像就在佳美监控室一个叫刘思维的员工手上。黄海建议由市局直接派人调查,王局长表示完全赞成。

安静的眼睛一直红红的。她带着哭腔对黄海说:叶美丽知道了,不晓得要哭成什么样子!

我看今晚先瞒着叶美丽。吴天学在一旁建议说:就说传达室有人病了,请武卫东来代个班。

黄海面无表情地看着吴天学，痛苦地点了点头。

好。吴天学连忙走到一旁去打电话。

一会，吴天学回来对黄海说：宣传部新闻处来电话了，说佳美从今晚下班起，再不让员工掏口袋自检了，还传达了徐部长的指示，报社的报道可以告一段落。

黄海轻轻地嗯了一声。

安静在一旁悄悄地对黄海说：刚刚跑口的记者给我打电话，说佳美上海总部对钱大都很不满意，已经把他调回去了。临走之前，钱大都去了市纪委，举报了万金昌副市长，具体内容不清楚。

黄海看着安静，平静地说：随他去了。

他皱着眉头想了想，对安静说：佳美改过了是好事，明天头版发条消息吧。

这就圆满了。安静赞许地点了点头。

这时，孔小泉走了过来，兴奋地告诉黄海：我采访得差不多了。被救的那个小男孩告诉我，他是双腿抽筋才溺水的，武卫东一直在水下托着他。没有武卫东，那个小男孩活不了。武卫东舍己救人，壮烈牺牲，他的事迹是一篇感人肺腑的好通讯。宣传得好，报社说不定出一个大英雄哩。

黄海苦笑了一声，没有说话。

广都殡仪馆的车子来了，黄海像木头似的，呆呆地望着几个穿白大褂的人把武卫东挪上担架，又抬到车上。车子屁股后面的两扇门"嘭"的一声关上了，黄海心头一惊，泪流满面……

3

回到报社后，黄海向徐华汇报了武卫东舍己救人的情况，并在他的办公室召开了碰头会，参加会议的有李晓群、安静、孔小泉、吴天学。

会议议定了如下事项：

一，成立武卫东治丧工作小组，由李晓群任组长，安静、孔小泉、吴天学担任组员；

二，明天上午，安静带一名女记者，陪同叶美丽去广都殡仪馆，然后二十四小时负责陪护叶美丽；

三，按照徐华部长的指示，由孔小泉负责武卫东舍己救人英雄事迹的深入采访和挖掘；

四，吴天学具体负责"向武卫东遗体告别仪式"的各项事宜；

五，根据黄海的提议，以报社党委的名义，主动向有关部门汇报，为武卫东申请追认革命烈士，为吴铭（猴子）申报"见义勇为先进个人"。具体由李晓群牵头。

碰头会结束时，黄海翕动着干裂的嘴唇，流着泪说：卫东是个好同志，我不该让他回家休息，我对不起他……说着说着，竟像孩子一样放声大哭。

与会的人个个心情沉重，静静地陪着黄海落泪。

第十章

1

办完武卫东的丧事，黄海瘦得皮包骨头，整个人像空了心的电线杆子，看上去随时都有可能倒下。

那天上午九点，黄海主持召开党委会，刚开口说话，突然头一歪，身子一软，竟从椅子上瘫了下去，顿时不省人事。大家慌成一团，手忙脚乱地把他送到广都人民医院抢救，同时通知他的夫人刘医生赶到医院。

黄海醒来时，已是午后时分。

我怎么在这儿？黄海两眼睁开一条缝，迷茫地看着刘医生，声音很微弱：你，也在这儿？

刘医生两眼红红的，连忙为黄海喂了一口水：别说话，正在输液。你昏睡几个小时了。

黄海动了动身子，挣扎着要将没有扎针的那只手从被子里拿出来。

别动，好好躺着。刘医生把手伸到被子里，轻轻地抓住黄海的手：这么多年了，我还没有在医院陪过你，这次就算老天爷给我的机会吧。

黄海的嘴角翘了翘，又艰难地点了点头。

徐华部长中午来过了。刘医生轻轻地搓着黄海的手，动情地说：徐部长说是代表郝义伟书记来看你的。部长坐在你床头老半天，一直拉着你的手，不停地夸你，老黄是老黄牛，老黄是好同志，临走的时候一再关照，要你安心养病，报社的工作他会亲自去作交待。

书记，部长，都了解我。黄海吃力地转了转头：住几天我就回去。

刘医生抚摸着黄海的手，很勉强地笑了笑：你是劳碌的命，老天爷不会让你这样躺着的。

是。黄海嘘出一口气，脸上挤出了一点笑容。

徐部长还特地让我转告你。刘医生高兴地俯下身子，脸贴着黄海的脸，像说悄悄话：有一封写你的匿名信，纪委核查过了，纯属诬告！部长说，这事就过去了，叫你别放在心上。

黄海的两眼放出光来，但很快就闭上了，再睁开来的时候，眼角挂着泪珠，亮晶晶的。

傍晚，吴天学来了，一进病房就高兴地喊着：黄社长，好消息，好消息！

什么事这么高兴？刘医生站起来迎接吴天学。

吴天学走到黄海床头，俯下身子汇报说：下午宣传部郑副部长来电话，说明年的《广都日报》征订工作改革了，党政机关、人民团体、国有大中型企业的党报全部由财政兜底，不要报社一家家跑腿了。国庆节后部里要专门开会部署。

这就对了。刘医生在一旁连连点头。

郑加强总算干了一件实事。黄海吃力地称赞着。

吴天学苦着脸说：哪一天党报不要自己搞广告就好了。

刘医生看看黄海，又看看吴天学，口气有些不屑一顾：我看你们是好日子过腻了，党报是独家经营，谁与你们竞争了？这么好的平台给你们，为什么就做不好呢？刘医生的唠叨劲又上来了，她也不顾黄海和吴天学的情绪，只管顺着自己的思路往下说：要我说，还是你们自己没本事，大锅饭吃惯了。听说省里的《扬子江日报》就活得很滋润，他们是怎么搞的？为什么不向人家学习学习呢？整天愁眉苦脸的，一点男子汉的气魄都没有。

刘医生的一番数落，不知道是说黄海，还是在说吴天学。

吴天学看着黄海，一时不知道说什么好。

黄海艰难地笑了笑，有些无奈地说：报业经营是个新课题，我们还在摸索。

就是，就是。吴天学连连点头，像抓到了一根救命稻草。

刘医生在一旁不以为然地摇了摇头。

2

黄海人在医院，心里却始终挂念着叶美丽，一天给安静打几个电话，详细了解叶美丽的情况。安静一再宽慰黄海，要他好好休息，有什么情况会及时汇报。

黄海住院的第三天中午，刚做完全身检查准备午休，手机突然响了，是安静打来的。黄海忐忑不安地接了电话。

社长，叶美丽的情况很不好。安静的声音都变调了。

你慢慢说。黄海心头紧紧的。

几天了，她粒米未进，人瘦得不像样子了，整天在哭，怎么劝也劝不住。安静的声音一直抖抖的：今天一上午，我看她呆呆地坐着，一会哭，一会笑，一会又说一些谁也听不懂的话，后来说要到半月湖去找卫东，开始我们说卫东不在那里，劝她不要去，她说我们是骗子，在家里又蹦又跳的。我怕出事，就让报社派了辆车，把她带到半月湖来。谁知来了以后她就不想回去了，沿着湖边狂奔，拉也拉不住。我怕她……是不是疯了？说着，竟呜呜地哭出了声。

你们看好她，我马上来。黄海的声音很微弱，但很坚定。

吴天学开着车子送黄海夫妇去半月湖。后座上，刘医生两手抱住黄海的胳膊，一副欲哭无泪的样子。黄海闭着眼睛，头依偎在刘医生肩上，脸上的肌肉痛苦地扭曲着。

黄海突然睁开眼睛，在刘医生耳边嘀咕：今天的《广都日报》

怎么还没到？

刘医生拍拍黄海的胳膊：回去我就查。

回头我要去一趟报社，处理几件事。黄海说着，又痛苦地闭上了眼睛。

回头再说吧。刘医生把黄海的胳膊抱得紧紧的。

车到半月湖堤坝的时候，天上乌云翻滚，狂风大作，转眼间就下起了阵雨，黄豆大的雨珠密密地砸在湖面上，溅起一朵朵白色的小花。

黄海吃力地挪动着身子，艰难地下了车。他双手扶着车门，焦急地朝四周张望。刘医生站在黄海身边，高高地举着双手，为他撑着一把伞。

透过雨帘，黄海看到几个模糊的身影向他这边移动，渐渐地，他听到了叶美丽嘶哑的呼喊声：

卫东，我看见你了！

卫东，我们回家吧！

卫东，你躲到哪去了？！

卫东，我们回家吧！

这声音越来越近，越来越清晰，每个字都像钢针一样扎在黄海心上。

黄海像一根槁木僵立着，泪如泉涌……

后记

真正意义上的写作是需要理由的。

我为什么要写《摸棋》？细细想来，理由有三：

一是圆文学创作之梦。从小到大，我都是文学爱好者，一本《小说月报》订了几十年。在我心里，特别羡慕能写小说的人。记得在部队时，曾经陪某个军旅作家去前沿海岛体验生活，因为天气原因，这位作家只在岛上呆了半天，似乎也没有作深入的采访，但他回去不长时间，竟写出一篇反映海岛战士生活的小说刊登在《解放军文艺》上，这让我崇拜不已，心想，神了！我什么时候才能有这个本事？我肚子里的故事一大堆，为什么不能写写小说？从部队到地方，几十年过去了，虽然没有动笔，但创作的欲望从来没有泯灭过。直到2015年，由时任鲁迅文学院常务副院长邱华栋先生的一句话，一下子把我的创作激情点燃了。这就是我要说的第二个理由。

兑现一个口头承诺。2015年8月，我在从北京回扬州的高铁上，随手翻阅车上的《人民铁道报》，当翻到文化版时，邱华栋的名字映入眼帘，我一阵惊喜，随即认真地拜读了这篇由记者采写邱华栋的访谈录。文中有一句话让我眼睛一亮：新闻的结束，便是文学的开始。我反复琢磨这句话的含义，有茅塞顿开的感觉。当晚，我与华栋先生通了电话，交流中表达了我的创作意图，华栋先生当即热情支持我把肚子里的故事写成文字，并鼓励说"你一定能写好！"从那以后，我像与人签了合同似的，觉得不写一写对不起朋友，也对不起"肚子里的故事"。于是，从2015年国庆节后，我认真地动起笔来，之后写写停停，一直到2018年底才算写完。《摸棋》中的故事，就来源于我们晚报的一篇报道，这就验证了华栋先生的那句话。

　　第三是向报社的同行致敬。我在地级市报社工作的八年，正是新媒体快速崛起，传统媒体向市场化、公司化、企业化、集团化转型发展的关键时期。这八年间，我和我的团队，先后三下浙江的杭州、宁波、温州，也去过上海、广州、深圳、郑州、西安、青岛、南京、苏州、无锡、常州等二十多家省市报业集团（报社）参观学习，他们成功的经验各有特色，遇到的困惑大同小异。时至今日，报业掌门人那一张张鲜活的面容仍深深地印在我的脑海中，他们的欢欣、焦虑、痛苦、无奈，有声有色地演绎着酸甜苦辣的动人故事。我总想，通过我的创作，让更多的人了解报社，认识报人，理解和尊重他们的付出，这，也是我对八年报社工作的一个交代。

如果有人要问：《摸棋》写的是你所在的报业集团吗？书中的主要人物都有原型吗？我只能说，文学创作不是新闻报道，离开虚构就不称其为小说了。但书中有我的生活积累，这也是毋庸置疑的。

《摸棋》能够出版，除了必须感谢邱华栋先生外，还有，《解放军报》主编凌翔大校、商务印书馆（南京）分馆总经理陆国斌先生，极其认真地通览了书稿，并提出了中肯的修改建议。南方出版社的老社长赵云鹤先生、现任总编辑古莉女士、本书责任编辑冯慧瑜女士提出了许多有益的建议。中国书法家协会会员、江苏省青少年书画协会副主席、扬州市篆刻研究会会长、中国兰亭会书法导师袁立中先生为本书题写了书名，陆海霞、郭芸等同志也为本书的出版做了大量细致的工作，在此一并表示诚挚的谢意。

王根宝

2019 年国庆